· 经 典 润 泽 生 命 ·

诗经

插图版

牧归荑 徐洪◎评译

中国纺织出版社

内 容 提 要

《诗经》搜集了自西周初年至春秋中叶大约五百多年的诗歌，共305篇，本书在篇目选择上涉及风、雅、颂三部分。以往的大部分涉及《诗经》的书籍偏重于国风部分，殊不知贵族间的风雅往来，国家顶层的庄重祭祀，反映在文字上也着实有另一番风采。

《诗经》作为最早的诗歌总集，可窥探出先民对文字的运用已经娴熟，其折射出的艺术水准也是一流。我们阅读《诗经》，一则欣赏，二则学习继承。本书作为《诗经》的入门读本，一方面注意注释的详尽，另一方面对每首诗都做了简略的概意提炼（学术界有争议的采用较通行的一种，或给出两种不同解释以作参考），并且给出了每一首的翻译，方便读者阅读理解。

图书在版编目（CIP）数据

诗经：插图版 / 牧归荑，徐洪评译 . -- 北京：中国纺织出版社，2017.1（2024.1重印）
（国学今读）
ISBN 978-7-5180-2903-7

Ⅰ.①诗… Ⅱ.①牧… ②徐… Ⅲ.①古体诗—诗集—中国—春秋时代 ②《诗经》—译文 Ⅳ.① I222.2

中国版本图书馆 CIP 数据核字（2016）第 205019 号

策划编辑：李　猛　　责任编辑：李　猛　　责任印制：储志伟

中国纺织出版社出版发行
地址：北京市朝阳区百子湾东里A407号楼　邮政编码：100124
销售电话：010—67004422　传真：010—87155801
http://www.c-textilep.com
E-mail:faxing@c-textilep.com
中国纺织出版社天猫旗舰店
官方微博 http://weibo.com/2119887771
北京兰星球彩色印刷有限公司　　各地新华书店经销
2017年1月第1版　2024年1月第4次印刷
开本：710×1000　1/16　印张：18
字数：231千字　定价：59.80元

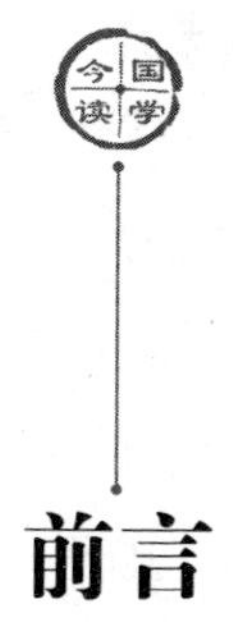

前言

孔子云："不学《诗》，无以言。"当代人读《诗经》，当然并没有如此大的压力。《诗经》是我国第一部诗歌总集，先秦时代称为《诗》，所描绘的先民生活离我们已经很遥远，《诗经》的文字古朴，意思也不是那么易懂，为什么仍有那么多人为之倾倒呢？

原因大致有二：

一是因为《诗经》是我国第一部诗歌总集，其历史地位无可替代，凡是对诗歌稍感兴趣的读者基本都绕不过。

二是因为《诗经》的内容很美。《诗经》里生僻字虽多，但其古朴之美仍难被遮掩。这种美，得力于上古的民风淳朴，所以一旦过了那个时代，这样的风格也就再难见到了。后世诗歌，大放异彩的从来就不缺，且一代有一代之风尚，只不过淳朴得如此天真的，后无来者。

所以，大家喜欢《诗经》，不仅仅是因为它在文学史上的地位，更在于它美学风格上的独特。

《诗经》搜集了自西周初年至春秋中叶大约五百多年的诗歌，共305篇，限于篇幅，本书只摘取了部分以飨读者。在篇目选择上，我们争取风、雅、颂三大部分均有涉及，以往的大部分涉及《诗经》的书籍多偏重于国风部分，殊不知贵族间的风雅往来，国家顶层的庄重祭祀，反映在文字上，也着实有着另一番风采。

《诗经》作为最早的诗歌总集，可见先民对文字的运用已经娴熟，其折射出的艺术水准也是一流。我们阅读《诗经》，一则欣赏，二则学习继承。本书作为《诗经》的入门读本，一方面注意注释的详尽，另一方面对每首诗都做了简略的概意提炼（学术界有争议的采用较通行的一种，或给出两种不同解释以作参考），并且给出了每一首的翻译。但限于编者水平，如有不足之处，还望批评指正。

注译者

2016 年 4 月

目录

曾見宋人嬉春圖略擬其意
少梅陳雲彰

小　雅

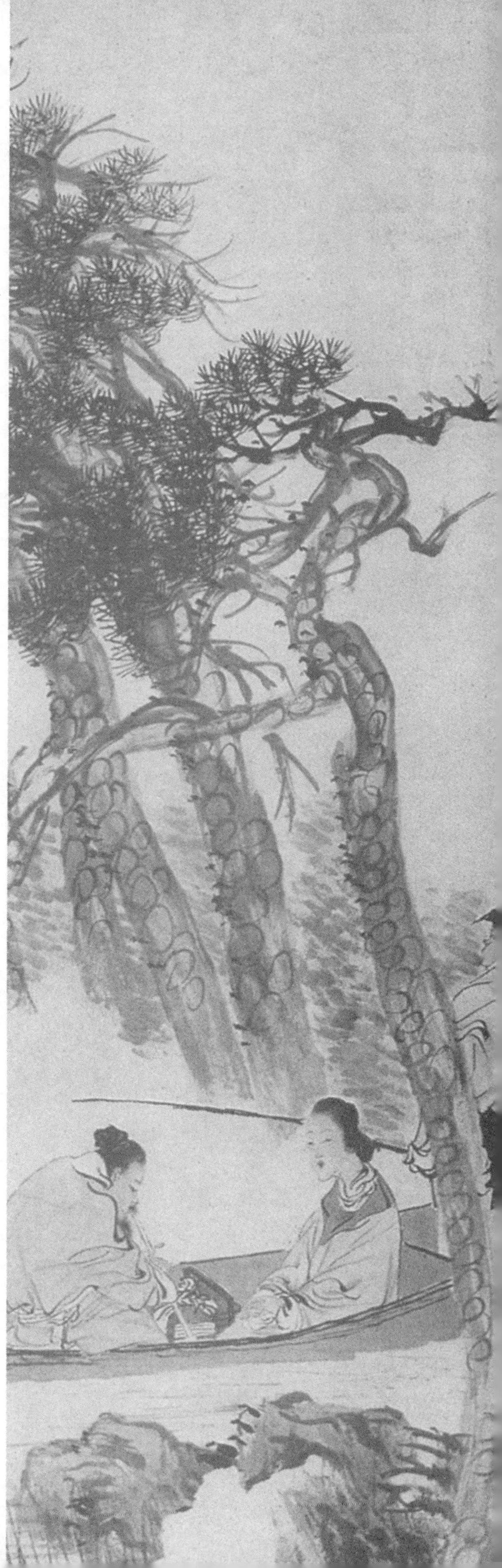

诗经

国风

国风是采集自不同地区的民间诗歌，包括从周南、召南、邶、鄘、卫、王、郑、齐、魏、唐、秦、陈、桧、曹、豳15个地区采集而来的土风歌谣，共160篇。风的意思，类似于方言腔调、地方民歌，如《秦风》《魏风》就好比我们现在说的陕西调、山西调。

国风中的篇章大多以描写民间生活为主，如爱情、婚嫁、劳作、服役等等，对当时的社会生活有较多反映，诗歌质朴天成，面对现实，直抒胸臆，是古典文学现实主义传统的源头。

国风·周南

周，国名。周代早期，周公分治江汉流域，今陕南东部及湖北一带，周代习惯将江汉流域的一些小国统称之“南国”，故称为周南。

关雎

【原文】

关关雎鸠，在河之洲。
窈窕淑女，君子好逑。①

参差荇菜，左右流之。
窈窕淑女，寤寐求之。②

求之不得，寤寐思服。
悠哉悠哉，辗转反侧。③

参差荇菜，左右采之。
窈窕淑女，琴瑟友之。④

参差荇菜，左右芼之。
窈窕淑女，钟鼓乐之。⑤

雎鸠

【概意】

对河边采摘荇菜的美丽姑娘的恋歌。

【注释】

①关关：水鸟叫声。雎鸠（jū jiū）：一种水鸟，一名王雎，俗名鱼鹰，生有定偶，常并游。洲：水中小岛。窈窕（yǎo tiǎo）：娴静美丽。逑：配偶。

②参差（cēn cī）：长短不齐。荇（xìng）菜：多年生水草植物，夏天开黄色花，嫩叶可食。最早夏至采摘祭祀祖先用，后形成风俗。流：顺着水流的方向采摘。

③寤（wù）：睡醒时候。寐（mèi）：睡着时候。思：语助词。服：思念。辗转（zhǎn zhuǎn）反侧：翻来覆去。

④琴：五弦或七弦乐器。瑟：二十五弦乐器。友：亲爱。

⑤芼（mào）：采。钟：古代打击乐器，多为青铜制。鼓：打击乐器，在坚固且一般为圆桶形的鼓身的一面或双面蒙上一块拉紧的膜。

【译文】

鱼鹰关关在歌唱，成双成对停在小洲上。
娴静美丽的好姑娘，谦谦君子的好对象。

青青的荇菜或长或短，顺流两边去捞取。
娴静美丽的好姑娘，日日夜夜把她想。

追求总是得不到，日日夜夜挂心肠。

长夜漫漫不到头，翻来覆去难睡好。

青青的荇菜或长或短，忽左忽右采摘忙。
娴静美丽的好姑娘，弹琴鼓瑟诉衷肠。

青青的荇菜或长或短，两边仔细来挑选。
娴静美丽的好姑娘，敲钟击鼓让她展笑颜。

葛覃

【原文】

葛之覃兮，施于中谷，维叶萋萋。
黄鸟于飞，集于灌木，其鸣喈喈。①

葛之覃兮，施于中谷，维叶莫莫。
是刈是濩，为絺为绤，服之无斁。②

言告师氏，言告言归。
薄污我私，薄澣我衣。
害澣害否？归宁父母。③

葛藤

【概意】

采葛制衣工作完毕，告假回家探望父母。

【注释】

①葛（gě）：多年生草本植物，纤维可织葛布。覃（tán）：延长。施（yì）：蔓延。维：语助词。萋萋：茂盛的样子。黄鸟：一说黄莺，一说黄雀。于：作语助。喈喈（jiē）：鸟鸣声。

②莫莫：茂盛的样子。刈（yì）：割。濩（huò）：煮。絺（chī）：细葛布。绤（xì）：粗葛布。服：穿戴。斁（yì）：厌。

③言：一说第一人称，一说语助词。师氏：女师，专门负责教导妇德、妇言、妇容、妇功的人。薄：语助词。污：洗去污垢。私：内衣。澣

(huàn)：浣，洗。衣：上曰衣，下曰裳。害(hé)：何。否：不。归宁：归问父母安。

【译文】

葛藤蔓长又长，顺着山谷延伸长，叶儿萋萋真茂盛。
黄鹂成群飞，纷纷栖息灌木上，叽叽叽叽叫不停。

葛藤蔓长又长，顺着山谷到处长，叶儿萋萋真茂盛。
割藤蒸煮织麻忙，织成细布和粗布，穿着舒服不嫌弃。

告诉女师心里话，说我心想回娘家。
快把内衣洗一洗，脏了的外衣刷干净。
哪件该洗哪件不该洗？ 着急回家看父母。

卷耳

【原文】

采采卷耳，不盈顷筐。
嗟我怀人，寘彼周行。①

陟彼崔嵬，我马虺隤。
我姑酌彼金罍，维以不永怀。②

陟彼高冈，我马玄黄。
我姑酌彼兕觥，维以不永伤。③

陟彼砠矣，我马瘏矣。
我仆痡矣，云何吁矣！④

卷耳

【概意】

花开两朵，各表一枝。前一章写采摘卷耳的妇人怀念离家亲人。后三章写离家之人的旅途艰辛。

【注释】

①卷耳：又名苍耳，菊科一年生草本植物，果实呈枣核形，上有钩刺，名“苍耳子”，可做药用。嫩苗可食。顷筐：斜口筐，后高前倾。嗟：叹词。怀：思念。寘（zhì）：搁置。周行（háng）：大道。

②陟：升；登。彼：那个。崔嵬：山高峻的样子。虺隤（hūi tuí）：马疲极而病。姑：姑且。罍（léi）：用以盛酒和水的青铜器皿，大肚小口，以黄金装饰。永怀：长久思念。

③玄黄：马生病而变色。兕觥（sì gōng）：兕，野牛。觥，酒器。兕觥，一说野牛角制的酒杯，一说青铜做的牛角形酒器。永伤：长久伤痛。

④砠（jū）：有土的石山。瘏（tú）：马病不能进。痡（fū）：人病不能行。云：语助词。吁（xū）：忧叹。

【译文】

采呀采呀采卷耳，怎么采都不满筐。
一心想念远行人，竹筐放在大路旁。

登上高高的峻岭，我的马儿步踉跄。
姑且把酒斟满杯，让我不再常思念。

登上高高的山冈，我的马儿病倒了。
姑且把酒斟满杯，让我从此不忧伤。

登上高高的山头，我的马儿已难行。
我的仆人快病倒，我的忧伤何时了！

桃夭

【原文】

桃之夭夭，灼灼其华。
之子于归，宜其室家。①

桃之夭夭，有蕡其实。
之子于归，宜其家室。②

桃之夭夭，其叶蓁蓁。
之子于归，宜其家人。③

桃花

【概意】

祝贺女子出嫁。

【注释】

①夭夭：桃树少壮的样子。灼灼（zhuó）：鲜明灿烂的样子。华：花。于归：出嫁。

②蕡（fén）：形容果实大。

③蓁蓁（zhēn）：草木茂盛的样子。

【译文】

桃树年轻长得好，花开灿烂如红霞。
姑娘就要出嫁了，夫妻和睦是一家。

桃树年轻长得好，结的果实甜又大。
姑娘就要出嫁了，夫妻和睦是一家。

桃树年轻长得好，桃叶密密又多多。
姑娘就要出嫁了，夫妻和睦是一家。

芣苢

【原文】

采采芣苢，薄言采之。
采采芣苢，薄言有之。①

采采芣苢，薄言掇之。
采采芣苢，薄言捋之。②

采采芣苢，薄言袺之。
采采芣苢，薄言襭之。③

【概意】

劳动妇女采车前子时所唱的歌曲。

【注释】

①采采：采而又采。一说同“彩”，颜色鲜亮的意思。芣苡（fú yǐ）：植物名，即车前子，多年生草本植物，大叶长穗，叶可供食，实可入药。薄言：发语词。这里有劝勉的意思。有：采取，指已经采起来。

②掇：拾取。捋：顺着枝条把车前子叶子抹下。

③袺：用衣襟兜东西。襭：翻转衣襟插于腰带以兜住东西。

【译文】

采呀采呀采芣苡，赶快一起采起来。
采呀采呀采芣苡，赶快一起采下来。

采呀采呀采芣苡，一片一片捡下来。
采呀采呀采芣苡，一把一把捋下来。

采呀采呀采芣苡，提起表襟兜起来。
采呀采呀采芣苡，掖起衣襟装回来。

汉广

【原文】

南有乔木，不可休思。
汉有游女，不可求思。
汉之广矣，不可泳思。
江之永矣，不可方思。①

翘翘错薪，言刈其楚。
之子于归，言秣其马。
汉之广矣，不可泳思。
江之永矣，不可方思。②

翘翘错薪，言刈其蒌。
之子于归，言秣其驹。
汉之广矣，不可泳思。
江之永矣，不可方思。③

汉广

【概意】

追求汉水游女无望的恋歌。

【注释】

①乔木：高树。树高则树荫少。休：息也。指高木无荫，不能休息。思：语助词。汉：汉水，长江支流之一。游女：爱游的女子。江：江水，即长江。永：水流长也。方：方形的木筏。

②翘翘（qiáo）：本指鸟尾上的长羽，比喻如鸟尾上的长羽高高耸起。错薪：错，指林木品种错杂。薪，木柴。言：第一人称，俺。刈（yì）：割。楚：灌木名，即牡荆，耐烧。秣（mò）：喂马。

③蒌（lóu）：蒌蒿，嫩时可食，老则为薪。驹：小马。

【译文】

南山有棵高高的树，想歇荫凉不可能。
汉江有位善游的姑娘，想去追求没可能。

汉水滔滔宽又广，想要游过不可能。
江水悠悠长又长，乘筏渡过不可能。

高高杂草做柴好，割草首要割荆条。
姑娘就要出嫁了，我帮姑娘喂饱马。
汉水滔滔宽又广，想要游过不可能。
江水悠悠长又长，乘筏渡过不可能。

高高杂草做柴好，割草先要割蒌蒿。
姑娘就要出嫁了，我帮姑娘喂小马。
汉江滔滔宽又广，想要游过不可能。
江水悠悠长又长，乘筏渡过不可能。

国风·召南

周代早期，召公分治自陕以西的南方诸侯国之地，今陕南西部以及川北一带，称为召南。

鹊巢

【原文】

维鹊有巢，维鸠居之。
之子于归，百两御之。①

维鹊有巢，维鸠方之。
之子于归，百两将之。②

维鹊有巢，维鸠盈之。
之子于归，百两成之。③

鸠

【概意】

写贵族女子出嫁时的奢华。

【注释】

①鹊：喜鹊。鸠：斑鸠，即布谷鸟，自己不筑巢，居鹊的巢。于归：嫁人。御：迎接。

②方：占居。将：送。

③盈：满。古时诸侯嫁女有媵女、侄娣陪嫁，所以诸侯一娶九女。这里指陪嫁的人很多。成：迎送成礼。

【译文】

喜鹊筑巢在树上，布谷鸟飞来就居住。
这个姑娘要出嫁，百辆大车来迎她。

喜鹊筑巢在树上，布谷鸟飞来占有它。
这个姑娘要出嫁，百辆大车护送她。

喜鹊筑巢在树上，布谷鸟飞来占满它。
这个姑娘要出嫁，百辆大车成就她。

草虫

【原文】

喓喓草虫，趯趯阜螽。
未见君子，忧心忡忡。
亦既见止，亦既觏止，我心则降。①

陟彼南山，言采其蕨。
未见君子，忧心惙惙。
亦既见止，亦既觏止，我心则说。②

陟彼南山，言采其薇。
未见君子，我心伤悲。

亦既见止，亦既觏止，我心则夷。③

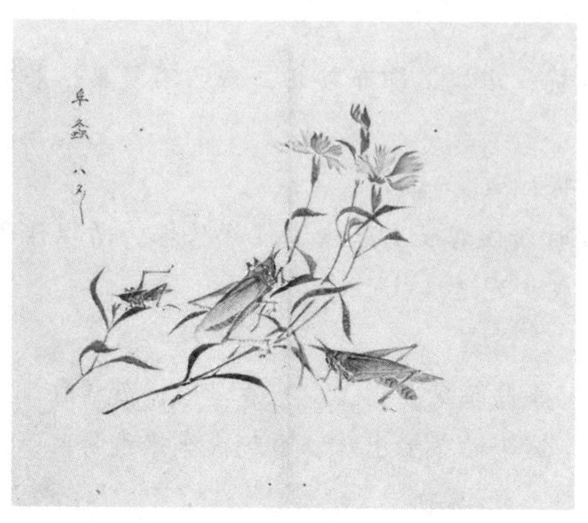

阜螽

【概意】

丈夫服役外出，妻子守候在家心常不安。挖野菜时遇到丈夫归来，终于放心开怀。

【注释】

①喓喓（yāo）：虫鸣声。草虫：一说是蝗虫，蝈蝈。趯趯（tì）：昆虫跳跃的样子。阜螽（zhōng）：蚱蜢。忡忡（chōng）：心跳。止：语助词。觏（gòu）：遇见。降：下，比喻悬着的心落下。

②陟：登。蕨：羊齿类植物。春季初生无叶，可食。惙惙（chuò）：愁苦的样子。说（yuè）：喜悦。

③薇：一种野菜，叶嫩可吃。夷：平。心平则喜。

【译文】

草虫喓喓在鸣叫，蚱蜢蹭蹭在蹦跳。
久未见到心上人，心儿不安咚咚跳。
既然已经见到他，既然已经遇到他，心里安宁不乱跳。

登上高高南山坡，去采那新长的蕨菜。

没有见到心上人，心中忧愁好惶惑。
既然已经见到他，既然已经遇到他，心里喜悦乐陶陶。

登上高高南山坡，去采那青青的薇菜。
没有见到心上人，心中悲伤真难过。
既然已经见到他，既然已经遇到他，心里平静又欣慰。

采蘋

【原文】

于以采蘋，南涧之滨。
于以采藻，于彼行潦。①

于以盛之，维筐及筥。
于以湘之，维锜及釜。②

于以奠之，宗室牖下。
谁其尸之，有齐季女。③

藻

【概意】

女子采蘋祭祀的场景。

【注释】

①蘋：水上浮萍，多年生水草。藻：藻类植物，没有根茎叶的区分，生长于浅水水底。行潦：流水的水沟。

②筥（jǔ）：圆形的竹器。方称筐，圆称筥。湘：烹煮。锜（qí）：三足的锅。釜：无足锅。

③奠：放置。牖（yǒu）：窗户。尸：主持。古人祭祀用人充当神，称尸。齐（zhāi）：同斋，沐浴视敬。季女：季，排行第四，季女，指少女。

【译文】

采浮蘋呀哪里去，到那南涧的水边。
采浮藻呀哪里去，到那流水的沟边。

采好蘋藻用啥装，只有方筐圆筥好。
采好蘋藻用啥煮，只有锜锅釜锅好。

采好蘋藻哪里放，宗室里头南窗下。
采好蘋藻谁主祭，那个斋戒的少女娃。

行露

【原文】

厌浥行露，岂不夙夜，谓行多露。①

谁谓雀无角，何以穿我屋？
谁谓女无家，何以速我狱？
虽速我狱，室家不足！②

谁谓鼠无牙？何以穿我墉。
谁谓女无家？何以速我讼。
虽速我讼，亦不女从！③

行露

【概意】

夫家礼数不齐备就想要迎娶女子，女子不为夫家所迫，作诗言志，以绝其人。

【注释】

①厌浥（yèyì）：沾湿。行：路。夙：早。谓：通“畏”，意指担心行道多露。

②角：鸟喙。速：招，致。家：成家，婚姻。

③墉（yōng）：墙。

【译文】

路上露水湿漉漉，难道不想早赶路，只怕路上露水多。

谁说鸟雀没有嘴，怎么啄穿我的屋？
谁说女儿没婆家，凭啥送我进牢狱？
虽然送我进牢狱，要想成家理不足。

谁说老鼠没有牙？怎么穿透我的墙。
谁说女儿没婆家？凭啥让我上公堂。
虽然让我上公堂，我也绝不顺从你！

羔羊

【原文】

羔羊之皮，素丝五纶；
退食自公，委蛇委蛇。①

羔羊之革，素丝五緎；
委蛇委蛇，自公退食。②

羔羊之缝，素丝五总；
委蛇委蛇，退食自公。③

【概意】

描写士大夫的进退有度的生活。

【注释】

①纶（tuó）：丝结，丝扣。退食自公：退朝进食出自公家，是公家供食。委蛇（yí）：进退有度，从容自得的样子。

②革：裘里。緎（yù）：裘衣缝合的地方。

③缝：皮裘。总：纽结。

【译文】

羔羊皮袄蓬松松，白色丝带作扣结。
退朝吃饭在公家，进退有度步从容。

羔羊皮袄毛绒绒，白色丝带作扣结。
进退有度步从容，退朝吃饭在公家。

羔羊皮袄需要缝，白色丝带作扣结。
进退有度步从容，退朝吃饭在公家。

殷其雷

【原文】

殷其雷，在南山之阳。
何斯违斯？莫敢或遑。
振振君子，归哉归哉！①

殷其雷，在南山之侧。
何斯违斯？莫敢遑息。
振振君子，归哉归哉！

殷其雷，在南山之下。
何斯违斯？莫或遑处。
振振君子，归哉归哉！②

【概意】

暴雨之夜，妇人盼望远役的丈夫早早归来。

【注释】

①殷（yǐn）：盛，指雷声不停。阳：山的南面，指此妇人家住在山之南边。何斯：斯，此人。违斯，斯指此地。违：离开。或：有。遑：闲暇。振振：诚实忠厚的样子。

②处：居。

【译文】

轰隆隆的雷声，在南山的南边。
怎么这时候不在家？我不敢稍有休息。
诚厚的君子，回来吧，回来吧！

轰隆隆的雷声，在南山上响起。
怎么这时候不在家？我不敢有片刻休息。
诚厚的君子，回来吧，回来吧！

轰隆隆的雷声，在南山的脚下轰鸣。
怎么这时候不在家？我不敢有片刻闲暇。
诚厚的君子，回来吧，回来吧！

摽有梅

【原文】

摽有梅，其实七兮。
求我庶士，迨其吉兮。①

摽有梅，其实三兮。
求我庶士，迨其今兮。

摽有梅，顷筐塈之。
求我庶士，迨其谓之。②

梅

【概意】

年华易逝，女子恨嫁。

【注释】

①摽（biào）：坠落。七：一说非实数，古人以七到十表示多，三以下表示少。庶：众。士：男子。迨（dài）：及。

②塈（jì）：拾取。谓：开口说话。

【译文】

梅子纷纷掉落地，树上剩下有七成。
追求我的众士人，切莫错过好时辰。

梅子纷纷掉落地，树上剩下有三成。
追求我的众士人，今朝正是好时机。

梅子纷纷掉落地，提着竹筐来拾取。
追求我的众士人，就等你来说句话。

小星

【原文】

嘒彼小星，三五在东。
肃肃宵征，夙夜在公，寔命不同。①

嘒彼小星，维参与昴。
肃肃宵征，抱衾与裯，寔命不犹。②

【概意】

位卑职微的小吏，对自己日夜奔忙的命运，发出不平的感叹。

【注释】

①嘒（huì）：微光闪烁。三五：参宿三星，昴宿五星。肃肃：疾行貌。宵：夜。征：行。寔：实。

②参（shēn）：星名，二十八宿之一。昴（mǎo）：星名，二十八宿之一。

参星昴星是更亮的大星。抱：通“抛”，抛弃。衾（qīn）：被子。裯（chóu）：被单。犹：同。

【译文】

微光闪闪的小星啊，三颗五颗在东方的是大星。
匆匆忙忙连夜赶，早晚奔忙为公家，只因命运不相同。

微光闪闪的是小星，参星昴星是大星。
匆匆忙忙连夜赶，抱着被子和床单，都因命运不如人。

野有死麕

【原文】

野有死麕，白茅包之。
有女怀春，吉士诱之。①

林有朴樕，野有死鹿。
白茅纯束，有女如玉。②

舒而脱脱兮，无感我帨兮，无使尨也吠。③

麕

【概意】

青年男女在郊外拾获死掉的獐和鹿，也收获了爱情。

【注释】

①麕（jūn）：獐子。比鹿小，无角。白茅：多年生草本植物，具粗壮的长根状茎，春天生芽，花苞时期的花穗称为谷荻。吉士：男子的美称，此处指年轻的猎人。

②朴樕（sù）：小木，灌木丛丛。纯束：捆扎。

③舒：一说语助词，一说慢慢地。脱脱（duì）：缓慢。感（hàn）：通撼，动。帨（shuì）：佩巾，围裙。尨（máng）：大型长毛狗。

【译文】

山野有只死樟子，白茅紧紧包裹它。
少女春心刚萌动，英俊猎手来追求。

树林里面有小树，山野里面有死鹿。
白茅紧紧把它捆，有个少女美如玉。

轻轻地慢慢地来啊，别动我的佩巾啊，别使狗儿乱叫嚷。

国风·邶风

武王灭商后，将朝歌以北划为邶，分封给诸侯。邶，相当于今河南淇县北部，后来被卫国吞并，诗中所描述的也都是卫国的事情，但为何以“邶”命名，学界目前也未有定论。

柏舟

【原文】

汎彼柏舟，亦汎其流。
耿耿不寐，如有隐忧。
微我无酒，以敖以游。①

我心匪鉴，不可以茹。
亦有兄弟，不可以据。
薄言往愬，逢彼之怒。②

我心匪石，不可转也。
我心匪席，不可卷也。
威仪棣棣，不可选也。③

忧心悄悄，愠于群小。
觏闵既多，受侮不少。
静言思之，寤辟有摽。④

日居月诸，胡迭而微。
心之忧矣，如匪澣衣。
静言思之，不能奋飞。⑤

【概意】

妇人遭受遗弃，又为小人所欺，却不甘屈服的抒愤诗。

【注释】

①泛：浮行，随水流动。耿耿：心中不安。隐忧：深忧。微：非，不是。

②鉴：镜子。茹（rú）：容纳。据：依靠。愬（sù）：诉说。

③棣棣：雍容闲雅的样子。选：屈挠退让。

④悄悄（qiǎo）：忧愁的样子。愠（yùn）：怨恨。觏（gòu）：遭逢。闵（mǐn）：忧伤。寤：交互。辟（pì）：捶击。摽（piào）：抚心。

⑤居、诸：语气助词。迭：更动。微：隐微，无光。

【译文】

柏木船舟浮水面，随波漂浮顺水流。
心烦意乱难入睡，内心深处多忧愁。
不是我没有酒，用来到处去遨游。

我的心不是明镜，不能一切都照出。
也有骨肉和兄弟，要想依靠却不行。
也曾相告诉苦衷，惹得他们怒冲冲。

我的心不是磨石，不能随意翻过来。
我的心不是席子，不能随意卷起来。
我的尊严和面子，不能退让又屈从。

心中忧愁又苦闷，得罪小人惹憎恨。
遭受的痛苦既已多，受的侮辱也不少。
静下心来想一想，捶胸抚心徒自伤。

太阳月亮在哪里，为何轮流暗无光。

心中忧愁抹不去，就像没洗的脏衣裳。
静下心来想一想，只恨不能奋起高飞。

绿衣

【原文】

绿兮衣兮，绿衣黄里。
心之忧矣，曷维其已！①

绿兮衣兮，绿衣黄裳。
心之忧矣，曷惟其亡。②

绿兮丝兮，女所治兮。
我思古人，俾无訧兮。③

絺兮绤兮，凄其以风。
我思古人，实获我心。④

【概意】

男子睹物伤心，悼念亡妻。

【注释】

①衣、里：外曰衣，内曰里。已：止。

②裳：上曰衣，下曰裳。亡：止。

③古人：故人，指亡妻。俾（bǐ）：使。訧（yóu）：同尤，过失，罪过。

④絺（chī）：细葛布。绤（xì）：粗葛布。凄：凉意，葛布遇凉风，已略显薄。

【译文】

绿外衣啊绿外衣，绿外衣里是黄里衣。
我心里的忧伤啊，何时才停止。

绿外衣啊绿外衣，绿外衣下是黄下衣。

我心里的忧伤啊，何时才停止。

绿丝啊绿丝，丝丝缕缕是你织。
我心里思念已故的人啊，使我平时少过失。

细葛布啊粗葛布，寒风吹拂凉凄凄。
我心思念已亡的人啊，仍牢牢系我的心。

燕燕

【原文】

燕燕于飞，差池其羽。
之子于归，远送于野。
瞻望弗及，泣涕如雨。①

燕燕于飞，颉之颃之。
之子于归，远于将之。
瞻望弗及，伫立以泣。②

燕燕于飞，下上其音。
之子于归，远送于南。
瞻望弗及，实劳我心。③

仲氏任只，其心塞渊。
终温且惠，淑慎其身。
先君之思，以勖寡人。④

燕子

【概意】

庄公之妻庄姜送其妾陈戴妫回陈国。卫庄公的夫人庄姜没有儿子，遂以庄公之妾陈戴妫的儿子完作为自己儿子。庄公死后，完继位，后被州吁所杀。陈戴妫因儿子被杀归陈，这在古代是大归，也不能回卫国了。此诗为庄姜相送而作。

【注释】

①差池：参差不齐。之子：指庄公之妾，陈戴妫。

②颉（jié）：上飞。颃（háng）：下飞。将：尾随，送。伫：久久地站着。

③南：向南，陈国在卫国之南。

④任：相信。只：语助词。塞：充实。渊：深远。

终：既。先君：逝去的君主。勖（xù）：勉励。寡人：庄姜自称。

【译文】

燕子燕子飞呀飞，翅膀展开不齐整。
这个妇人要大归，远远送她到郊外。
遥望不见她身影，泪如雨下流满面。

燕子燕子飞呀飞，上上下下来回转。
这个妇人要大归，远远出来相送她。
遥望不见她身影，久久站立泪涟涟。

燕子燕子飞呀飞，上上下下细呢喃。
这个妇人要大归，远远送她向南边。
遥望不见她身影，伤悲难过心不安。

妇人仲氏诚可信，思虑周详想得深。
性情温柔又和顺，善良谨慎及你身。
常常思念先君啊，不忘勉励我寡人。

日月

【原文】

日居月诸，照临下土。
乃如之人兮，逝不古处。
胡能有定，宁不我顾。①

日居月诸，下土是冒。
乃如之人兮，逝不相好。
胡能有定，宁不我报。②

日居月诸，出自东方。
乃如之人兮，德音无良。
胡能有定，俾也可忘。③

日居月诸，东方自出。
父兮母兮，畜我不卒。
胡能有定，报我不述。④

【概意】

女子控诉丈夫对她的遗弃。一说卫庄姜为失宠于庄公而作。

【注释】

①居、诸：语气助词。逝：发语词。古处：一说旧处，一说以古道相处。宁：岂。定：止。

②冒：覆盖。报：回答。

③德音：好话。

④父兮母兮：极其伤心，以至于呼爹告娘。畜：养育。卒：终。

【译文】

太阳啊月亮啊，你的光辉照大地。
世间竟有这种人，待我不像从前那样。
何时他不再这般，难道不顾我忧伤。

太阳啊月亮啊，你的光芒覆大地。
世间竟有这种人，待我不像从前那般好。
何时他不再这般，难道不念我的回报。

太阳啊月亮啊，每天升起在东方。
世间竟有这种人，说过的好话全变样。
何时他不再这般，何时我也能把他忘。

太阳啊月亮啊，每天升起在东方。
生我养我的父母啊，对我为啥不终养。
何时他不再这般，回报我的话不好讲。

击鼓

【原文】

击鼓其镗，踊跃用兵。
土国城漕，我独南行。①

从孙子仲，平陈与宋。
不我以归，忧心有忡。②

爰居爰处，爰丧其马。
于以求之，于林之下。③

死生契阔，与子成说。
执子之手，与子偕老。④

于嗟阔兮，不我活兮。
于嗟洵兮，不我信兮。⑤

【概意】

边境戍边的士兵，久久不得回家，思念妻子，回忆临行前与妻子的诀别之词。

【注释】

①镗（tāng）：击鼓的声音。踊跃：坐着作出刺击的样子，这里指积极，情绪高涨。土国：为国家兴土功。城：筑城。漕：卫国的一个邑。

②孙子仲：卫国将军。孙，氏。子仲，字。平陈与宋：去陈国与宋国交好。

③爰（yuán）：于，在此处。于林之下：言其马脱离队伍走失，可见马和人都已没有斗志。

④契阔：契合疏阔。成说：说好，说定。

⑤阔：远离。洵：远。信：信守。

【译文】

大鼓敲得堂堂响，鼓舞士兵上战场。
人留国内筑漕城，独我远行奔南方。

跟从将军孙子仲，要去交好陈和宋。
长久未能把家回，煎熬忧愁心忡忡。

安营扎寨住下来，系马不牢走失马。
哪里才能找到它？原来在那树林下。

无论聚散或死活，我曾发誓对你说。
拉着你手紧紧握，白头到老与你过。

可叹如今久离别，恐难活着来相会。
可叹相隔太遥远，恐那誓约难实现。

凯风

【原文】

凯风自南，吹彼棘心。
棘心夭夭，母氏劬劳。①

凯风自南，吹彼棘薪。
母氏甚善，我无令人。②

爰有寒泉，在浚之下。
有子七人，母氏劳苦。③

睍睆黄鸟，载好其音。
有子七人，莫慰母心。④

【概意】

七个儿子对母亲抚育劳苦的咏叹。

【注释】

①凯风：暖风，和风。以善长养万物的春风呼应母亲的抚育。棘心：酸枣树的嫩枝。酸枣枝多刺，开黄绿色小花，实小，味酸。夭夭：未长大的样子，比喻七子尚未成年。劬（qū）：辛苦。

②薪：棘长大后可以做薪，即柴火，但并不是好柴，这里比喻七子长大成人却无善才。令人：能人，善人。

③爰（yuán）：于是。寒泉：寒冷的泉水尚且能够灌溉一方水土，而自

己奉养母亲还不能够。浚（jùn）：地名卫国的一个邑。

④岘睆（xiàn huǎn）：美丽，好看。

【译文】

暖暖和风南方吹，吹拂酸枣小树苗。
树苗长得茁又壮，母亲养子多辛劳。

暖暖和风南方吹，吹拂枣树长成柴。
母亲贤惠又慈祥，儿子有愧不成材。

泉水寒冷冰透骨，犹能滋润浚城土。
养育儿女七个人，不能缓解母辛劳。

黄鸟美丽歌婉转，犹能令人心欢悦。
养育儿女七个人，没有谁能安母心。

匏有苦叶

【原文】

匏有苦叶，济有深涉，深则厉，浅则揭。①

有弥济盈，有鷕雉鸣。
济盈不濡轨，雉鸣求其牡。②

雝雝鸣雁，旭日始旦。
士如归妻，迨冰未泮。③

招招舟子，人涉卬否。
人涉卬否，卬须我友。④

匏

【概意】

女子在河边徘徊，惦念着住在河对面的未婚夫，盼望着他尽早来迎娶自己。

【注释】

①匏（páo）：葫芦之类。苦的匏不能吃，但可以用来绑在身上泅水。苦叶：一说匏还有叶子，说明果实还没长熟，还不能将之用来渡水。一说苦通“枯”，说明匏已经成熟。济：水名。源头出自河南济源县王屋山，古时与黄河一起并流入海，今下游河道已被黄河占据。厉：带。一说连带着衣服一起游过来，一说拴葫芦在腰泅渡。揭（qì）：提着衣裳渡水。

②弥（mí）：水满。鷕（wěi）：野鸡叫声。濡（rú）：沾湿。轨：车轴头。

③雝雝（yōng）：大雁叫声。归妻：娶妻。迨（dài）：及。泮（pàn）：解冻。

④招招：摇橹的样子。卬（áng）：我。友：指爱侣。

【译文】

葫芦叶儿味道苦，济水深深也能渡，
水深连衣渡过去，水浅提衣淌过去。

济河水满白茫茫，雌鸡咯咯叫不穷。
济河虽深不湿轴，野鸡鸣叫为求偶。

大雁排排飞鸣过，东方天明日初升。
你若真心来娶我，趁冰未化先过河。

船夫摇船来摆渡，别人渡河我则留。
别人过河我独留，要等好友来找我。

谷风

【原文】

习习谷风，以阴以雨。黾勉同心，不宜有怒。
采葑采菲，无以下体。德音莫违，及尔同死。①

行道迟迟，中心有违。不远伊迩，薄送我畿。
谁谓荼苦，其甘如荠。宴尔新昏，如兄如弟。②

泾以渭浊，湜湜其沚。宴尔新昏，不我屑以。
毋逝我梁，毋发我笱。我躬不阅，遑恤我后。③

就其深矣，方之舟之。就其浅矣，泳之游之。
何有何亡，黾勉求之。凡民有丧，匍匐救之。④

不我能慉，反以我为雠，既阻我德，贾用不售。
昔育恐育鞫，及尔颠覆。既生既育，比予于毒。⑤

我有旨蓄，亦以御冬。宴尔新昏，以我御穷。
有洸有溃，既诒我肄。不念昔者，伊余来塈。⑥

葑菲

【概意】

姑娘被遗弃，离开家时，倾诉自己的不幸。

【注释】

①习习：一说和风，一说风声。谷风：一说东风，一说来自山谷的风。黾（mǐn）勉：勉力。葑菲（fēng fēi）：萝卜蔓菁一类，根茎可食。无以下体：意指要叶不要根，比喻恋新人而弃旧人。

②迟迟：慢慢走的样子。违：恨。畿（jī）：门槛。荼（tú）：苦菜。荠：荠菜。宴：乐。

③泾、渭：河名。湜湜（shí）：水清见底。沚（zhǐ）：水停止。梁：捕鱼水坝。笱（gǒu）：捕鱼竹笼。阅：容纳。恤（xù）：忧。

④方，并船。匍匐：爬行。

⑤慉：好，爱。雠（chóu）：同仇。贾（gǔ）：经商。鞫：穷。

⑥旨蓄：美菜，过冬吃的菜，估计为腌菜一类。洸（guāng）溃（kuì）：本指洪水，这里指丈夫如洪水暴怒，动武的样子。肄（yì）：辛劳。塈（xì）：爱。

【译文】

和煦东风轻轻吹，阴云到来雨凄凄。同心协力共生活，不该动辄就发怒。

采摘蔓菁采萝卜，怎能抛弃其根部。曾经誓言不能忘，与你相伴到白头。

出门懒行步履慢，只因满怀怨和愁。路途不远不相送，送到门槛就止步。
谁说苦菜味道苦，和我相比甜如荠。你们新婚乐融融，亲热相待如弟兄。

泾河因为渭河浑，泾河停流也会清。你们新婚乐融融，从此不再亲近我。
不要去我鱼梁上，不要打开我鱼笼。我身尚且不能安，哪里还能顾今后。

过河遇到水深处，乘坐竹筏和木舟。过河遇到水浅处，下水游泳把河渡。
家中东西有与无，尽心尽力去谋求。亲朋邻里有危难，全力以赴去救助。

你已不再亲爱我，反而把我当敌仇。你既掩盖我好处，就如货物卖不出。
从前恐惧又潦倒，与你共同渡艰难。如今丰衣又足食，你却把我当毒害。

我处存有美菜肴，可以用来过寒冬。你们新婚乐融融，却让我去挡贫穷。
对我粗暴发怒火，辛苦活儿全给我。从前恩情全不顾，你曾对我情独钟。

式微

【原文】

式微式微，胡不归？
微君之故，胡为乎中露？①

式微式微，胡不归？
微君之躬，胡为乎泥中？②

【概意】

一说平民为战争所困，家人离散，难以团聚。一说臣下劝君主回国。

【注释】

①式：语气助词。微：一说衰微，一说昧，黄昏。微君之故：不是君主的缘故。中露：露户。

②躬：身体。

【译文】

暮色昏昏天将黑，为何不能把家回？
不是为了君主的缘故，怎会顶风又饮露！

暮色昏昏天将黑，为何不能把家回？
不是为了您的身体，怎会污泥沾满身！

泉水

【原文】

毖彼泉水，亦流于淇。有怀于卫，靡日不思。
娈彼诸姬，聊与之谋。①

出宿于泲，饮饯于祢，女子有行，远父母兄弟。
问我诸姑，遂及伯姊。②

出宿于干，饮饯于言。载脂载舝，还车言迈。
遄臻于卫，不瑕有害。③

我思肥泉，兹之永叹。思须与漕，我心悠悠。
驾言出游，以写我忧。④

【概意】

远嫁到他国的卫国姑娘怀念故国及亲人。

【注释】

①毖（bì）：泉水刚刚涌出的样子。淇：淇水，源出河南林县，流到淇县入卫河。诗人见到水流到自己的故国，不禁勾起思乡之情。娈：美好的样子。诸姬：同姓之女。

②泲（jì）、祢（mǐ）、干、言：均为卫国地名。行：出嫁。

③载：发语词。脂：涂车轴的油脂。舝：车轴两头的金属键。还车：回转车。迈：远。遄（chuán）：疾速。臻：至，到。瑕：何。

④肥泉、须、漕：都是卫国的城邑。写：消除。

【译文】

泉水涓涓涌出来，一直流到淇水里。想念卫国我故土，没有一天不相思。同嫁姬姓好姑娘，且和她们细商量。

出门曾住在泲地，还在祢地饯过行。姑娘出嫁到远方，远离父母和兄弟。回家问候姑姑们，还有我的大姐姐。

出门曾住在干地，还在言地饯过行。涂上车油上好轴，调转车头回家里。很快就能到卫国，应当不会有意外。

想到故乡的肥泉，不禁抚心长感叹。想到故乡的须和漕，心中愁思剪不断。驾上大车去出游，聊以宣泄心中愁。

北门

【原文】

出自北门，忧心殷殷。终窭且贫，莫知我艰。
已焉哉！天实为之，谓之何哉！①

王事适我，政事一埤益我。我入自外，室人交徧谪我。
已焉哉！天实为之，谓之何哉！②

王事敦我，政事一埤遗我。我入自外，室人交徧摧我。
已焉哉！天实为之，谓之何哉！③

【概意】

地位卑下的官府小吏感叹事务繁多，收入微薄，家人不理解。

【注释】

①窭（jǔ）：贫寒，艰窘。

②王事：周王的事。政事：公家的事。一：都。埤（pí）：加给。徧：同遍。

谪（zhé）：谴责。

③敦：逼迫。遗：加给。摧：挫折，讥讽。

【译文】

走出城北门，内心忧戚愁漫漫。生活困窘又贫寒，没人知道我艰难。
算了吧！老天一定要这样，对此我能说什么！

王室公差交给我，官府杂事全给我。我从外面回家来，家人交相责难我。
算了吧！老天一定要这样，对此我能说什么！

王室公差催逼我，官府杂事全给我。我从外面回家来，家人全都讥讽我。
算了吧！老天一定要这样，对此我能说什么！

静女

【原文】

静女其姝，俟我于城隅。
爱而不见，搔首踟蹰。①

静女其娈，贻我彤管。
彤管有炜，说怿女美。②

自牧归荑，洵美且异。
匪女之为美，美人之贻。③

【概意】

男女青年的幽会密约。

【注释】

①静：娴雅。姝（shū）：脸色红润，漂亮。城隅：城角隐蔽处。爱：隐藏。踟蹰（chí chú）：蜘蛛结网似地绕着圈来回走，徘徊不定。

②娈：美好。彤管：一说红管的笔，一说红管草。炜（wěi）：红色的样子。说怿（yuè yì）：喜悦。

③牧：野外。归（kuì）：赠送。荑（tí）：白茅的嫩芽。洵：实在。

【译文】

姑娘娴雅又美丽，等我在城角老地方。
故意躲着不出现，惹我挠头急徘徊。

姑娘娴雅又美好，送我一束红管草。
红管鲜艳光灿灿，心里喜欢你的美。

野外归来送我荑，嫩荑美丽又奇异。
不是嫩荑本身美，只因它是美人的赠贻。

新台

【原文】

新台有泚，河水弥弥。
燕婉之求，籧篨不鲜。①

新台有洒，河水浼浼。
燕婉之求，籧篨不殄。②

鱼网之设，鸿则离之。
燕婉之求，得此戚施。③

【概意】

刺卫宣公筑新台强占儿媳的丑事。卫宣公替儿子伋（jí）娶齐女，听说齐女美丽，在河边造了一座新台，自己把齐女娶了过来，称为宣姜。

【注释】

①泚（cǐ）：鲜明的样子。河水：黄河水。弥弥（mǐ）：大水茫茫。燕婉：燕，安。婉，顺。指夫妇和好。籧篨（qú chú）：蛤蟆。鲜：善。

②洒（cuǐ）：高峻的样子。浼浼（měi）：水势盛大的样子。

③鸿：指蛤蟆。离：通罹，遭受。戚施：指蛤蟆。

【译文】

新筑造得真鲜明，河水涨得齐岸平。
求的本是好夫婿，嫁个蛤蟆不大好。

新台造得真高峻，河水涨得浪滔滔。
求的本是好夫婿，嫁个蛤蟆不太妙。

鱼网布设为捕鱼，蛤蟆一头撞进去。
求的本是好夫婿，得个蛤蟆不得了。

国风·鄘风

武王灭商后，将朝歌西南划分为鄘，分封给诸侯，相当于今之河南汲县东北。后被卫国吞并，诗中所描述的事情也是卫国之事，为何仍用“鄘”命名，学界目前也未有定论。

柏舟

【原文】

泛彼柏舟，在彼中河。髧彼两髦，实维我仪。
之死矢靡它！母也天只，不谅人只！①

泛彼柏舟，在彼河侧。髧彼两髦，实维我特。
之死矢靡慝！母也天只，不谅人只！②

【概意】

姑娘誓言她坚贞的爱情。

【注释】

①髧（dàn）：头发下垂的样子。当时头发上戴帽，帽子挂两块耳塞，头发也分成两股。两髦（máo）：男子未成年时剪发齐眉即把头发分成两股。仪：配偶。之：到。矢：誓。靡它：无他心。只：语气助词。

②特：配偶。慝（tè）：邪恶，恶念，引申为变心。

【译文】

柏舟随波轻飘荡，在那河中慢慢游。头发飘垂的少年，实是我的好对象。
发誓至死不另求！我的母亲我的天，为何对我不体谅！

柏舟随波轻飘荡，在那河边慢慢游。头发飘垂的少年，实是我的好伴侣。发誓至死不变心！我的母亲我的天，为何对我不体谅！

墙有茨

【原文】

墙有茨，不可扫也。中冓之言，不可道也。
所可道也，言之丑也。①

墙有茨，不可襄也。中冓之言，不可详也。
所可详也，言之长也。②

墙有茨，不可束也。中冓之言，不可读也。
所可读也，言之辱也。③

【概意】

卫人对统治者荒淫无耻的揭露。卫宣公死后，年幼的惠公继位，惠公庶出的长兄公子顽与惠公之母私通。

【注释】

①茨（cí）：植物名，蒺藜，一年生草本植物，果实有刺。中冓（gòu）：房屋顶盖下交积的木材，代指内室。

②襄：除去。详：详细地说。

③束：捆走。读：诵，传说。

【译文】

墙头上的蒺藜草，根牢不可扫。宫室之中男女事，不可向外对人谈。
如果真要谈出来，让人听了觉害臊。

墙头上的蒺藜草，根牢不可除。宫室之中男女事，不可向外详细讲。
如果详细讲出来，说来话长讲不完。

墙头上的蒺藜草，根牢不可捆。宫室之中男女事，不可向外去张扬。如果一定要张扬，让人听了觉耻辱。

桑中

【原文】

爰采唐矣，沬之乡矣。云谁之思？美孟姜矣。
期我乎桑中，要我乎上宫，送我乎淇之上矣。①

爰采麦矣，沬之北矣。云谁之思？美孟弋矣。
期我乎桑中，要我乎上宫，送我乎淇之上矣。②

爰采葑矣，沬之东矣。云谁之思？美孟庸矣。
期我乎桑中，要我乎上宫，送我乎淇之上矣。③

【概意】

卫人讽刺贵族宫室淫乱的诗篇。

【注释】

①爰：于何，在什么地方。唐：植物名。即菟丝子，寄生蔓草，秋初开小花，子实入药。沬（mèi）：卫邑名。孟姜：姓姜的长女。孟，兄弟姊妹中排行最长的。期：约会。要（yāo）：邀约。桑中：卫邑下的一个地名。上宫：一说地名，一说宫室。淇：淇水。源出河南林县，流到淇县进入卫河。

②孟弋：孟，兄弟姊妹中排行最长的。姓弋的长女。

③孟庸：姓庸的长女。

【译文】

采摘菟丝子在哪里？就在卫国的沬乡。想念的姑娘是哪个？想的是美丽动人的孟姜。

她约我到桑林中，邀我欢聚在宫室里，送我告别淇水畔。

采摘麦子在哪里？就在沬乡的北边地。想念的姑娘是哪个？想的是美丽动人的孟弋。

她约我到桑林中，邀我欢聚在宫室里，送我告别淇水畔。

采摘芜菁在哪里？就在沫乡的东边地。想念的姑娘是哪个？想的是美丽动人的孟庸。

她约我到桑林中，邀我欢聚在宫室里，送我告别淇水畔。

定之方中

【原文】

定之方中，作于楚宫。揆之以日，作于楚室。
树之榛栗，椅桐梓漆，爰伐琴瑟。①

升彼虚矣，以望楚矣。望楚与堂，景山与京。
降观于桑，卜云其吉，终然允臧。②

灵雨既零，命彼倌人，星言夙驾，说于桑田。
匪直也人，秉心塞渊，騋牝三千。③

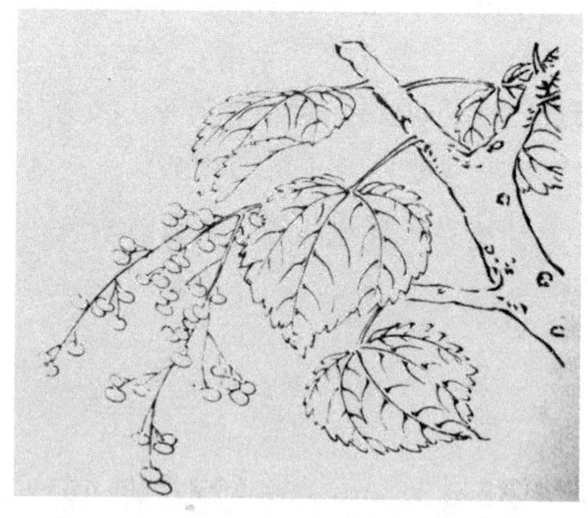

椅

【概意】

称赞卫文公复国，大兴农业，繁殖六畜，克勤克俭，使国人能得其所。

【注释】

①定：星宿名，叫营室。夏历十月之交，定星昏中而正，宜定方位，造宫室。楚：楚丘，地名。揆（kuí）：根据日出和日落的方向来度量方向。树：种树。榛、栗、椅、桐、梓、漆：皆树木名。椅，山桐子。

②虚：故城漕邑如今荒废了。堂：堂邑。景山：大山。京：高丘。臧：好，善。

③灵：好。零：落下。倌：驾车人。星：晴。夙：早。说（shuì）：停。匪直：不特。骒（lái）：七尺以上的马。牝（pìn）：母马。

【译文】

定星十月照空中，动土楚丘筑新宫。度量日影测方向，楚丘造房兴冲冲。
栽种榛树和栗树，还有梓漆与椅桐，长成伐作琴瑟用。

登临漕邑废墟上，把那楚丘来眺望。望了楚丘望堂邑，高山连绵到远方。
走下田地看农桑，求神占卜显吉兆，终是安康居住地。

好雨既下水涓涓，吩咐驾车小倌人。天晴早早把车赶，歇在桑田劝农耕。
不特劝农耕好田，用心充实又深远，良马繁殖到三千。

蝃蝀

【原文】

蝃蝀在东，莫之敢指。
女子有行，远父母兄弟。①

朝隮于西，崇朝其雨。
女子有行，远兄弟父母。②

乃如之人也，怀昏姻也。
大无信也，不知命也。③

【概意】

责难未遵从父母之言而想出嫁的女子。

【注释】

①蝃蝀（dì dōng）：彩虹。行：指出嫁。

②隮（jī）：彩云。崇朝：终朝。

③怀：欲，想。无信：不守媒妁之言。不知命也：不知婚姻当听父母之命。

【译文】

彩虹出现在东方，没人胆敢指点它。
一个女子出嫁了，远离父母和兄弟。

彩云出现在西方，整早都是下着雨。
一个女子出嫁了，远离兄弟和父母。

这样一个女子啊，一心只念着婚嫁。
太没贞信太无理啊！父母之命不知依。

相鼠

【原文】

相鼠有皮，人而无仪。
人而无仪，不死何为？①

相鼠有齿，人而无止。
人而无止，不死何俟？②

相鼠有体，人而无礼。
人而无礼，胡不遄死？③

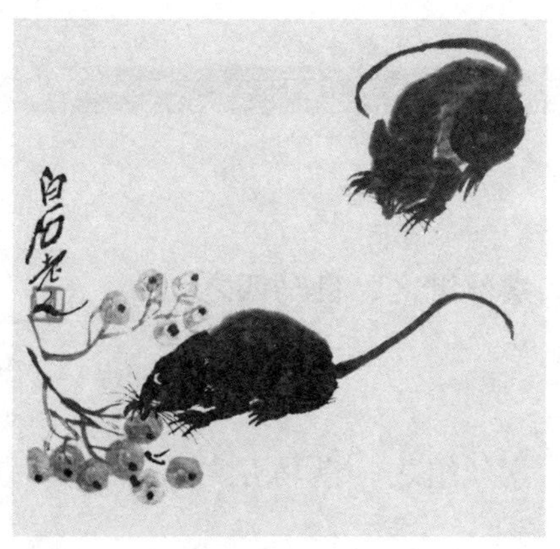

鼠

【概意】

讽刺不讲礼仪之人。

【注释】

①相：看。仪：仪态，使人尊敬的仪表。

②止：容止，行动的所止，指遵守礼法。

③遄（chuán）：快速。

【译文】

看那老鼠有皮，做人怎能无仪态。
做人要是没仪态，不死还要做什么？

看那老鼠有牙齿，做人怎能无行止。
做人要是没行止，不死还想等什么？

看那老鼠有体，做人怎能不讲礼。
做人要是不讲礼，为何不去快快死？

干旄

【原文】

孑孑干旄，在浚之郊。素丝纰之，良马四之。
彼姝者子，何以畀之。①

孑孑干旟，在浚之都。素丝组之，良马五之。
彼姝者子，何以予之。②

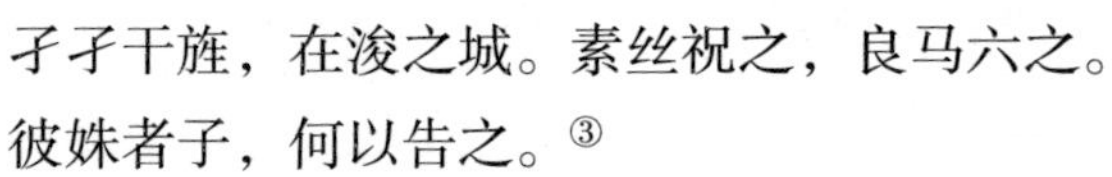
孑孑干旌，在浚之城。素丝祝之，良马六之。
彼姝者子，何以告之。③

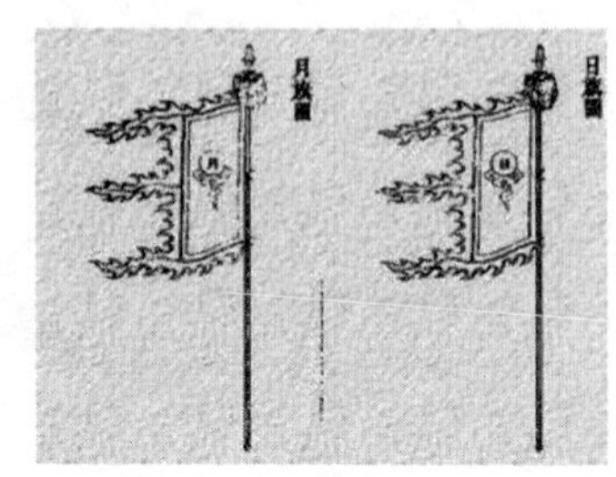

干旄

【概意】

赞美卫文公及群臣乐于招贤纳士。

【注释】

①孑孑：特出明显的样子。干旄（máo）：用牦牛尾装饰旗杆，立在车后边，以张扬威仪。干，通竿。浚：卫国地名。纰（pí）：把旗的边上用线缝好。畀（bì）：给，予。

②旟（yú）：画有鹰隼的旗。

③旌（jīng）：旗的一种。上用野鸡毛装饰的旗。祝：连接。

【译文】

牦牛尾旗高高扬，行在浚邑的郊区。白色丝线镶旗边，好马四匹作前驱。
那位美好的贤人啊，该拿什么送给他。

鹰隼旗帜高高扬，行在浚邑的都城。白色丝线织旗上，好马五匹作前驱。
那位美好的贤人啊，该拿什么来相赠。

鸟羽旗帜高高扬，行在浚邑的城区。白色丝线缝旗边，好马六匹作前驱。
那位美好的贤人啊，该拿什么来告诉他。

载驰

【原文】

载驰载驱，归唁卫侯。驱马悠悠，言至于漕。
大夫跋涉，我心则忧。①

既不我嘉，不能旋反。视而不臧，我思不远。
既不我嘉，不能旋济。视而不臧，我思不閟。②

陟彼阿丘，言采其蝱。女子善怀，亦各有行。
许人尤之，众稚且狂。③

我行其野，芃芃其麦。控于大邦，谁因谁极，
大夫君子，无我有尤。百尔所思，不如我所之。④

蝱

【概意】

卫懿公被狄人所杀，国人分散，流离于漕邑之地。许穆夫人感念卫国覆亡，不能往救，便赴漕地吊唁，并陈说立国大计，却被许国大夫所阻，故赋诗以言志。

【注释】

①唁（yàn）：吊问失国。卫侯：卫懿公。悠悠：遥远。大夫：指许国赶

来阻止许穆夫人去卫国的许国臣子。

②嘉：好。臧（zāng）：好。思：思虑。远：深远。济：止。閟：谨慎。

③阿丘：有一边高的山丘。蝱（méng）：贝母草。行：道路。许人：许国的人们。尤：过错。众：通终，既然、既是。

④芃（péng）：草茂盛的样子。极：急。

【译文】

赶马赶车快奔走，回国吊问我卫侯。赶着马儿走远路，行旅匆匆到漕邑。大夫跋涉来阻止，我心哀伤又忧愁。

没人赞成我赴卫，要我返回万不能。看你想法都不好，不是我思不深远。没人赞成我回卫，想要阻止也不能。看你想法都不好，不是我思不谨慎。

登上高高的山冈，采集贝母解忧愁。女子多愁又善感，各人心里有主张。许国大夫责怪我，实在幼稚且张狂。

赶到卫国的郊野，麦子繁盛又茂密。前往大国去求援，靠谁谁能急着来帮。

许国大夫君子们，不要再把我责备。百种方法你们想，也不如我亲自去。

国风·卫风

周武王灭商后，将朝歌以东划分为卫，分封给自己的弟弟霍叔，相当于今之河南淇县附近。后邶、鄘二地并入卫国，分封给康叔，建都殷墟。

淇奥

竹子

【原文】

瞻彼淇奥，绿竹猗猗。
有匪君子，如切如磋，如琢如磨。
瑟兮僩兮，赫兮咺兮，
有匪君子，终不可谖兮。①

瞻彼淇奥，绿竹青青。
有匪君子，充耳琇莹，会弁如星。
瑟兮僩兮，赫兮咺兮，
有匪君子，终不可谖兮。②

瞻彼淇奥，绿竹如箦。
有匪君子，如金如锡，如圭如璧。
宽兮绰兮，猗重较兮，善戏谑兮，不为虐兮。③

【概意】

卫武公为周平王卿相，年过九十，自儆励治，能纳人规谏。卫人颂其德，作此诗。

【注释】

①淇：淇水。奥（yù）：水边弯曲的地方。猗猗：长而美。匪：通斐，有文采貌。切、磋、琢、磨：雕琢骨叫切，雕琢象牙叫磋，雕琢玉叫琢，雕琢石叫磨。均指文采好，有修养。瑟：庄严的样子。僩（xiàn）：宽大的样子。赫：威严的样子。咺（xuān）：有威仪的样子。谖（xuān）：忘记。

②琇（xiù）：美石，宝石。莹：光彩。会弁（biàn）：鹿皮帽接合处。如醒：鹿皮会合处缀宝石如星。

③箦（zé）：积，郁积。绰：旷达。猗（yǐ）：通倚。重较：指车厢前左右伸出的可供倚攀的弯木。为古代卿士所乘。戏谑：开玩笑。虐：粗暴。

【译文】

看那淇水弯曲处，绿竹青翠叶婆娑。
那个文采奕奕的君子呀，好像精切细磋的骨器，好像精琢细磨的玉器。
神态庄重胸怀广，地位显赫很威严。
文采奕奕的君子呀，一见难忘记心田。

看那淇水弯曲处，绿竹青翠叶婆娑。
那个文采奕奕的君子呀，耳戴美玉美莹莹，帽饰宝石如星耀。
神态庄重胸怀广，地位显赫更威严。
文采奕奕的君子呀，一见难忘记心田。

看那淇水弯曲处，绿竹青翠叶婆娑。
那个文采奕奕的君子呀，好像青铜器精坚，好像玉璧般美丽。
宽宏大量真旷达，倚靠重较在车里。
善于诙谐来谈笑，却不粗暴把人欺。

硕人

【原文】

硕人其颀，衣锦褧衣。齐侯之子，卫侯之妻。
东宫之妹，邢侯之姨，谭公继私。①

手如柔荑，肤如凝脂，领如蝤蛴，齿如瓠犀。
螓首蛾眉，巧笑倩兮，美目盼兮。②

硕人敖敖，说于农郊。
四牡有骄，朱幩镳镳，翟茀以朝。
大夫夙退，无使君劳。③

河水洋洋，北流活活。
施罛濊濊，鳣鲔发发，葭菼揭揭。
庶姜孽孽，庶士有朅。④

鳣

【概意】

卫庄公夫人来到卫国，国人称赞她的美丽。

【注释】

①硕人：高大的美人。颀（qí）：修长。锦：锦衣。褧（jiǒng）：布罩衣。穿锦衣外出时要穿布罩衣。东宫：此处指齐国的太子宫。私：姊妹的丈夫。

②荑（tí）：茅草的嫩芽。蝤蛴（qiú qí）：天牛的幼虫，色白身长。瓠犀（hù xī）：瓠瓜的子，白而整齐。螓（qín）：似蝉而小，头宽广方正。蛾眉：

蚕蛾触角，细长而曲。倩：笑靥美好。盼：眼波流动。

③敖敖：身长。说（shuì）：停。农郊：近郊。一说东郊。幩（fén）：帛绢，装在马口上，使马不汗。镳镳（biāo）：马嚼子。翟茀（dí fú）：野鸡毛装饰的车后围。

④河：黄河。活活（guō）：水流声。罛（gǔ）：大的鱼网。濊濊（huò）：撒网入水声。鳣（zhān）：鳇鱼。一说赤鲤。鲔（wěi）：鲟鱼。发发（pō）：鱼尾击水之声。葭（jiā）：初生的芦苇。菼（tǎn）：初生的荻。揭揭：修长。庶姜：指随嫁的姜姓众女。孽孽：盛饰貌。士：从嫁的媵臣。朅（qiè）：勇武。

【译文】

美人丰腴身材高，穿着锦衣罩布衣。她是齐侯之女，又是卫庄公的妻。
齐国太子的妹妹，邢国侯的小姨，谭公是她的妹夫。

手指柔软如茅芽，肌肤细滑如脂膏，脖子雪白像蝤蛴，牙齿齐白如瓜子。
前额方正眉细弯，轻轻一笑酒窝生，双目顾盼眼波俏。

美人丰腴身材高，停车休息在近郊。
四匹雄马多雄壮，红绸挂在马嚼旁，羽饰车驾到王宫。
大夫无事早退朝，莫使君主太疲劳。

黄河之水浩荡荡，激越奔流向北方。
撒网入河水中央，鳣鱼鲔鱼网中跳，初生芦荻长又长，
随嫁姜女尽盛装，陪送男子也勇武。

氓

【原文】

氓之蚩蚩，抱布贸丝。匪来贸丝，来即我谋。
送子涉淇，至于顿丘。匪我愆期，子无良媒。
将子无怒，秋以为期。①

乘彼垝垣，以望复关。不见复关，泣涕涟涟。
既见复关，载笑载言。尔卜尔筮，体无咎言。
以尔车来，以我贿迁。②

桑之未落，其叶沃若。于嗟鸠兮，无食桑葚。
于嗟女兮，无与士耽。士之耽兮，犹可说也。
女之耽兮，不可说也。③

桑之落兮，其黄而陨。自我徂尔，三岁食贫。
淇水汤汤，渐车帷裳。女也不爽，士贰其行。
士也罔极，二三其德。④

三岁为妇，靡室劳矣。夙兴夜寐，靡有朝矣。
言既遂矣，至于暴矣。兄弟不知，咥其笑矣。
静言思之，躬自悼矣。⑤

及尔偕老，老使我怨。淇则有岸，隰则有泮。
总角之宴，言笑晏晏。信誓旦旦，不思其反。
反是不思，亦已焉哉。⑥

桑葚

【概意】

自由恋爱的妇女哀诉自己爱情婚姻的不幸。

【注释】

①氓：民。蚩蚩：笑嘻嘻的样子。布：货币。一说布匹。谋：商量。顿丘：卫地名。愆（qiān）：过，误。将：愿，请。

②垝垣（guǐ yuán）：毁坏的墙。复关：诗中男子的住地。卜：用龟甲卜吉凶。筮（shì）：用蓍草占吉凶。体：卜卦的征兆。咎言：凶，不吉之言。贿：财物，此处指嫁妆。

③沃若：润泽。鸠：斑鸠。传说斑鸠吃桑葚过多会醉。耽（dān）：沉湎。说（tuō）：脱。陨：坠落。

④徂：往。食贫：过贫苦生活。渐（jiān）：沾湿。爽：差错。贰：有二心。罔极：不可测，没有准则。二三其德：三心二意。

⑤咥（xì）：大笑。躬：自己，自身。

⑥淇：淇水。隰：水名，即漯河。泮（pàn）：岸，水边。总角：古时儿童两边梳辫，如双角，指童年。

【译文】

小伙走来笑嘻嘻，抱着布币来换丝。不是真的来换丝，借机找我谈婚事。
谈完送你过淇水，一直送你到顿丘。不是我要延婚期，是你没找好媒人。
请你不要生我气，定下秋天为婚期。

登上那个坏墙头，遥望你住的复关。看不到你的复关，伤心哭泣泪满面。
望见复关心中喜，喜笑颜开话不断。你又占卜又问卦，卦象吉利没恶言。
你把大车赶过来，我带嫁妆随你迁。

桑树叶儿未落时，叶子繁茂色泽润。小斑鸠啊小斑鸠，不要贪嘴吃桑葚。
好姑娘啊好姑娘，不要痴情迷男人。男人沉迷于爱情，想离开时可脱身。
女子沉迷于爱情，想要脱身不可能。

桑树叶儿开始落，叶子枯黄往下掉。从我嫁进你家门，三年贫苦过不少。

淇水浩荡滔滔流，打湿我的车帷幔和下裳。我做妻子没过错，你的行为却两样。

男人心思不可测，三心二意也算德。

做你妻子有三年，终日忙碌活全干。起早贪黑操家务，没有一天息过朝。凡事已经遂你心，你的态度更粗暴。亲兄亲弟不知情，看见我时只是笑。静心思前又想后，独自一人心哀伤。

当初相约同到老，到老尽是愁和怨。淇水虽宽有河岸，漯河再阔也有边。我们小时的快乐，说说笑笑闹一团。山盟海誓岂不算，哪知从此已改变。过去时光不追恋，只能作罢更奈何。

竹竿

【原文】

籊籊竹竿，以钓于淇。
岂不尔思，远莫致之。①

泉源在左，淇水在右。
女子有行，远兄弟父母。②

淇水在右，泉源在左。
巧笑之瑳，佩玉之傩。③

淇水滺滺，桧楫松舟。
驾言出游，以写我忧。④

【概意】

卫女远嫁诸侯，远离父母兄弟时的无奈和忧愁。

【注释】

①籊籊（tì）：长而尖削貌。

②泉：百泉，在卫国西北，东南流入淇水。

③瑳（cuō）：玉色洁白。傩（nuó）：婀娜，有节奏。

④滺滺（yóu）：河水荡漾之状。楫：船桨。桧、松：木名。写：排遣。

【译文】

钓鱼竹竿长又尖，拿它垂钓淇水边。
心中哪是不想你，只因路远难到达。

泉水清清在左边，淇河滚滚奔右方。
女子自从出嫁后，父母兄弟隔天涯。

淇河滚滚在右方，泉水清清流左边。
嫣然一笑玉齿露，身着佩玉体婀娜。

淇水潺潺水悠悠，桧木作浆松作舟。
驾着小船水中游，遣我心中重重忧。

河广

【原文】

谁谓河广，一苇杭之。
谁谓宋远，跂余望之。①

谁谓河广，曾不容刀。
谁谓宋远，曾不崇朝。②

一苇杭之

【概意】

宋人侨居卫国，思乡不得归，以诗抒发思念之情。

【注释】

①河：黄河。卫国在戴公之前，都于朝歌，和宋国隔黄河相望。跂（qì）：踮起脚尖。

②刀：小船。崇朝：终朝，来回不超过一个早晨。

【译文】

谁说黄河宽又广，一束芦苇可渡航。
谁说宋国路遥远，踮起脚尖可眺望。

谁说黄河宽又广，难道不容一小船。
谁说宋国路遥远，曾经不到一终朝。

伯兮

【原文】

伯兮朅兮，邦之杰兮。
伯也执殳，为王前驱。①

自伯之东，首如飞蓬。
岂无膏沐，谁适为容？②

其雨其雨，杲杲日出。
愿言思伯，甘心首疾。③

焉得谖草，言树之背。
愿言思伯，使我心痗。④

【概意】

丈夫久役不归，妻子思念远方爱人。

【注释】

①伯：老大。朅（qiè）：英武高大。殳（shū）：古兵器，杖类。长丈二无刃。

②飞蓬：乱飞的蓬草。膏沐：妇女护肤化妆用的油脂。

③杲杲（gǎo）：阳光强烈明亮的样子。

④谖草：即萱草，又称忘忧草。背：指北堂。痗（mèi）：病。

【译文】

勇武的老大啊，是国内的英杰。
手拿丈二长棒的老大啊，是周王军中的先锋。

自你东征出门，我头发乱得像飞蓬。
难道没有油脂洗头，打扮好了给谁看？

下雨呀下雨呀，雨停之后出太阳。
我甘愿思念老大，想得头疼也心甘。

哪里得到萱草，说是种在北堂好。
我甘愿思念老大，心里受病也无怨。

木瓜

【原文】

投我以木瓜，报之以琼琚。
匪报也，永以为好也。①

投我以木桃，报之以琼瑶。
匪报也，永以为好也。②

投我以木李，报之以琼玖。
匪报也，永以为好也。③

木瓜

【概意】

男女相爱，互相赠答。一说他人赠我以微物，我当报之以重宝。

【注释】

①琼：泛指美玉。琚（jū）：佩玉。

②瑶：美玉。

③玖（jiǔ）：像玉的浅黑色石头。

【译文】

你送我木瓜，我回赠你美玉。
不是回报，是永远作为相好。

你送我木桃，我回赠你美玉。
不是回报，是永远作为相好。

你送我木李，我回赠你美玉。
不是回报，是永远作为相好。

国风·王风

王不是国名，为“王畿”的简称，指东周王城及其周围郊区，相当于今之河南的洛阳、偃师、巩县、温县、沁阳、济源、孟津一带。

黍离

【原文】

彼黍离离，彼稷之苗。行迈靡靡，中心摇摇。
知我者谓我心忧，不知我者谓我何求。
悠悠苍天，此何人哉！①

彼黍离离，彼稷之穗。行迈靡靡，中心如醉。
知我者谓我心忧，不知我者谓我何求。
悠悠苍天，此何人哉！②

彼黍离离，彼稷之实。行迈靡靡，中心如噎。
知我者谓我心忧，不知我者谓我何求。
悠悠苍天，此何人哉！③

梁稻

【概意】

周大夫出差路过周朝旧都，见昔日繁华不再，原来的宗庙宫室之上如今黍稷茂盛，心有所感。

【注释】

①黍（shǔ）：黍子，草本植物，子实淡黄色，去皮后叫黄米，有黏性。稷（jì）：高粱。离离：排列成行的样子。一说穗头下垂的样子。靡靡：行步迟缓的样子。摇摇：心神不安的样子。此何人哉：造成如此颠覆的是什么人？暗指周幽王之误国，有谴责意。

②穗：抽穗。醉：醉酒。

③实：结实。噎（yē）：气逆不顺。

【译文】

地里黍子排排长，高粱正抽苗。前行步子多迟缓，心中不安神恍惚。
理解我的人知道我心里忧愁，不理解我的人说我有所要求。
苍天高高在头上，是谁造成此景象！

地里黍子排排长，高粱正抽穗。前行步子多迟缓，心中迷乱如酒醉。
理解我的人知道我心里忧愁，不理解我的人说我有所要求。
苍天高高在头上，是谁造成此景象！

地里黍子排排长，高粱正结实。前行步子多迟缓，心中郁闷气难咽。
理解我的人知道我心里忧愁，不理解我的人说我有所要求。
苍天高高在头上，是谁造成此景象！

君子于役

【原文】

君子于役，不知其期，曷至哉？
鸡栖于埘，日之夕矣，羊牛下来。
君子于役，如之何勿思？①

君子于役，不日不月，曷其有佸？
鸡栖于桀，日之夕矣，羊牛下括。
君子于役，苟无饥渴！②

鸡

【概意】

妻子怀念在外服劳役遥遥无期不能归家的丈夫。

【注释】

①役：服劳役。曷：何。至：归家。埘（shí）：墙壁上挖洞做成的鸡舍。如之何勿思：如何不思念。

②不日不月：没法用日月来计算时间。佸（huó）：会合。桀：木桩。括：来。

【译文】

丈夫在外服劳役，不知他的期限，何时能归啊？
鸡儿进窝了，太阳西沉了，羊牛回来了。
丈夫在外服劳役，怎能教人不想念？

丈夫在外服劳役，不知过了多少日月，何时能相会啊？
鸡儿栖息在小木桩上，太阳西沉了，羊牛回来了。
丈夫在外服劳役，愿他不受饥和渴！

葛藟

【原文】

緜緜葛藟，在河之浒。
终远兄弟，谓他人父。
谓他人父，亦莫我顾。①

緜緜葛藟，在河之涘。
终远兄弟，谓他人母。
谓他人母，亦莫我有。②

緜緜葛藟，在河之漘。
终远兄弟，谓他人昆。
谓他人昆，亦莫我闻。③

葛藟

【概意】

抒发父母兄弟离散，寄人篱下的痛苦。

【注释】

①緜緜：长而不绝，形容葛藤曼长。葛藟（lěi）：蔓草名，藤类蔓生植物。浒（hǔ）：水边。顾：照顾。

②涘（sì）：水边。

③漘（chún）：河岸，水边。昆：兄长。闻：过问、慰问。

【译文】

葛藤长长，长在河旁。
终于远离兄弟们，叫他人父。
叫他人父，也对我没照顾。

葛藤长长，长在河边。
终于远离兄弟们，叫他人娘。
叫他人娘，也对我不相帮。

葛藤长长，长在河岸。
终于远离兄弟们，叫他人兄长。
叫他人兄长，也对我不过问。

采葛

【原文】

彼采葛兮。
一日不见，
如三月兮。①

彼采萧兮。
一日不见，
如三秋兮。②

彼采艾兮。
一日不见，
如三岁兮。③

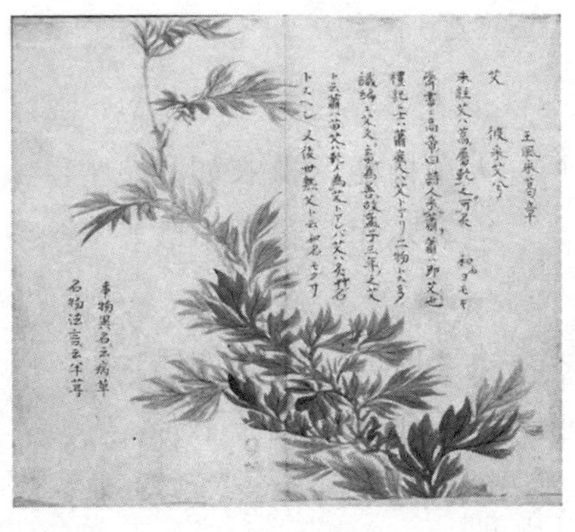

艾

【概意】

情人间的相思之词。

【注释】

①葛：豆科多年生草本植物，茎可制纤维，织葛布。

②萧：植物名，即青蒿，有香气。三秋：三个秋天，一个秋天三个月，

三个秋天即九个月。

③艾：多年生草本或略成半灌木状植物，有香气。

【译文】

那个采葛的人啊。
一天不见她，
仿佛隔了三月久。

那个采青蒿的人啊。
一天不见她，
仿佛隔了三秋久。

那个采艾的人啊。
一天不见她，
仿佛隔了三年久。

大车

【原文】

大车槛槛，毳衣如菼。
岂不尔思，畏子不敢。①

大车啍啍，毳衣如璊。
岂不尔思，畏子不奔。②

穀则异室，死则同穴。
谓予不信，有如皦日。③

【概意】

女子对男子表达坚贞的爱情。

【注释】

①大车：牛车。槛槛（kǎn）：指车轮的响声。毳（cuì）衣：古代冕服，

一种绣衣。菼（tǎn）：初生的芦苇花，形容嫩绿色。

②啍啍（tūn）：车慢而笨重的样子。璊（mén）：红色美玉，喻红色。

③穀：生，活着。皦（jiǎo）：同皎，明亮。

【译文】

牛车上路声槛槛，绣衣绿如芦苇花。
岂是我不思念你，怕你不敢和我好。

牛车上路声迟缓，绣衣红如美玉。
岂是我不思念你，怕你不敢相奔随。

活着虽然不同室，但愿死后同穴眠。
说是我话不可信，明亮的太阳可作证。

国风·郑风

郑国，最初本在西周畿内咸林之地，相当于今之陕西安华州；后郑武公吞并了虢国与桧国的领土，沿袭旧号，命名新都为新郑，相当于今之河南省新郑市。

将仲子

【原文】

将仲子兮，无踰我里，无折我树杞。
岂敢爱之，畏我父母。
仲可怀也，父母之言，亦可畏也。①

将仲子兮，无踰我墙，无折我树桑。
岂敢爱之，畏我诸兄。
仲可怀也，诸兄之言，亦可畏也。②

将仲子兮，无踰我园，无折我树檀。
岂敢爱之？畏人之多言。
仲可怀也，人之多言，亦可畏也。③

桑蚕

【概意】

姑娘请求情郎别到她家来，以免受到父母兄弟及邻居的非议。

【注释】

①将：愿，请。一说发语词。踰：跨过。里：邻里，里巷。二十五家为

里。杞（qǐ）：木名，即杞柳。又名榉。落叶乔木，树如柳叶，木质坚实。爱：吝惜。怀：想念。

②树桑：桑树。

③树檀：檀树。

【译文】

请求你啊仲子，不要跨进我院里，不要攀折我家杞。
难道是我爱惜它，只是害怕我爹娘。
仲子啊我想你，爹娘说的话，也真让人害怕。

请求你啊仲子，不要跨进我墙里，不要攀折我家桑。
难道是我吝惜它，只是害怕我兄长。
仲子啊我想你，兄长说的话，也真让人害怕。

请求你啊仲子，不要跨进我园子，不要攀折我家檀。
难道是我吝惜它，只是害怕人闲话。
仲子啊我想你，别人的闲话，也真让人害怕。

遵大路

【原文】

遵大路兮，掺执子之祛兮。
无我恶矣，不寁故也。①

遵大路兮，掺执子之手兮。
无我魗兮，不寁好也。②

【概意】：

女子请求男子不要抛弃旧情。

【注释】

①遵：沿着。掺（shǎn）：执。祛（qū）：袖口。恶：厌恶。寁（jié）：迅速。

②魗：丑。

【译文】

沿着大路走啊，拉着你的衣袖口。
千万不要厌弃我，不要这样快抛弃故人。

沿着大路走啊，紧紧拉住你的手。
千万不嫌我丑，不要这样快抛弃旧相好。

女曰鸡鸣

【原文】

女曰鸡鸣，士曰昧旦。
子兴视夜，明星有烂。
将翱将翔，弋凫与雁。①

弋言加之，与子宜之。
宜言饮酒，与子偕老。
琴瑟在御，莫不静好。②

知子之来之，杂佩以赠之。
知子之顺之，杂佩以问之。
知子之好之，杂佩以报之。③

雁

【概意】

夫妻起床前的对话，妻子撒娇鼓励丈夫早起打猎谋食。

【注释】

①昧旦：天色将明未明之际。明星：启明星。弋（yì）：用生丝系在箭尾射箭。

②加：射中。宜：肴，烹饪。御：演奏。静：美好。

③来：慰劳，辛劳。杂佩：玉佩。用各种佩玉构成，称杂佩。问：慰问。

【译文】

妻说鸡叫了，夫说天刚亮。
你快起床看天色，启明星光灿灿。
水鸟就要飞出来，去射野鸭和大雁。

射中野鸭和大雁，给你烹饪从早。
再配点小酒，与你恩爱到白头。
琴瑟和谐相唱和，一切宁静又美好。

我知你慰劳我，这个玉佩送给你。
我知你顺着我，这个佩饰赠给你。
我知你对我好，这个杂佩报答你。

山有扶苏

【原文】

山有扶苏，隰有荷华。
不见子都，乃见狂且。①

山有乔松，隰有游龙。
不见子充，乃见狡童。②

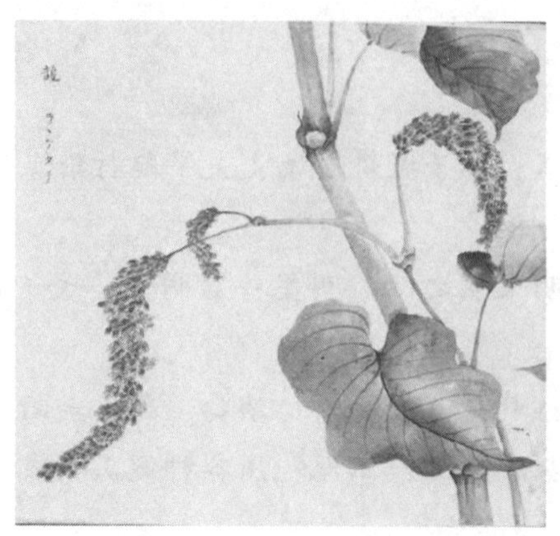

游龙

【概意】

女子与情人失约的感叹。一说讽刺当时的人美恶不辨。

【注释】

①扶苏：枝叶茂盛的大树。一说桑树。隰（xí）：洼地。狂：狂愚的人。且（jū）：助词。

②游龙：植物名，即红草。

【译文】

山上有桑树，洼地有荷花。
没见到漂亮的子都，偏遇见你这个小狂童。

山上有青松，洼地有红草。
没见到漂亮的子充，偏遇见你这个小狡童。

萚兮

【原文】

萚兮萚兮，风其吹女。
叔兮伯兮，倡予和女。①

萚兮萚兮，风其漂女。
叔兮伯兮，倡予要女。②

【概意】

女子请爱人一起唱歌。一说讽刺君臣不能相互应和。

【注释】

①萚（tuò）：枯黄脱落的树叶。倡：唱。

②漂：飘。要：成，和。

【译文】

枯叶呀枯叶，风吹动了你。
老三呀老大呀，你来唱歌我来和。

枯叶呀枯叶，风吹落了你。
老三呀老大呀，你来唱歌我来和。

褰裳

【原文】

子惠思我，褰裳涉溱。
子不我思，岂无他人。
狂童之狂也且。①

子惠思我，褰裳涉洧。
子不我思，岂无他士。
狂童之狂也且。②

【概意】

相恋男女之间的戏谑之辞。

【注释】

①惠：爱。褰（qiān）：揭起。溱（zhēn）：河水名，与洧水汇合。且（jū）：语气助词。

②洧（wěi）：河水名。在今河南中部，出登封县北阳城山，东流至新郑县南，与溱水汇合为双洎河。

【译文】

要是你还思念我，提起衣裳过溱河。
要是你不思念我，难道就没人爱我。
你真是个狂小子。

要是你还思念我，提起衣裳过洧河。
要是你不思念我，难道就没人爱我。
你真是个狂小子。

子衿

【原文】

青青子衿，悠悠我心。
纵我不往，子宁不嗣音？①

青青子佩，悠悠我思。
纵我不来，子宁不来。
挑兮达兮，在城阙兮。
一日不见，如三月兮。②

【概意】

女子与书生恋爱，焦急等待的心情。一说讽刺学校废弃，学生四散的现象。

【注释】

①青青：绿色。子：男子的美称。衿：衣衫领。悠悠：长久，遥远。嗣：寄。

②挑兮达兮：往来轻快的样子。城阙：指城楼。

【译文】

青青的你的衣领，绵长的我的思念。
纵然我不曾去会你，难道你就不会寄个音信？

青青的你的佩带，绵长的我的思念。
纵然我不曾去会你，难道你不能主动来？
你轻快地往来啊，在这高高城楼上啊。
一天见不到你，好像隔了三月长。

扬之水

【原文】

扬之水，不流束楚。
终鲜兄弟，唯予与女。
无信人之言，人实诳女。

扬之水，不流束薪。
终鲜兄弟，维予二人。
无信人之言，人实不信。

【概意】

妻子劝丈夫勿轻信他人之言。

【注释】

扬：激扬。束：散柴捆束，以便挑负。楚：荆条，做柴耐烧。终：既然。鲜：少。言：流言。诳（guàng）：骗。

【译文】

流水激扬，漂不走捆在一起的荆条。
家里已经少兄弟，只你我来相依。
不要信别人的闲话，人家确实在骗你。

流水激扬，漂不走捆在一起的荆柴。
家里已经少兄弟，只你我来相依。
不要信别人的闲话，人家实在不说可信语。

出其东门

【原文】

出其东门，有女如云。
虽则如云，匪我思存。
缟衣綦巾，聊乐我员。①

出其闉阇，有女如荼。
虽则如荼，匪我思且。
缟衣茹藘，聊可与娱。②

荼

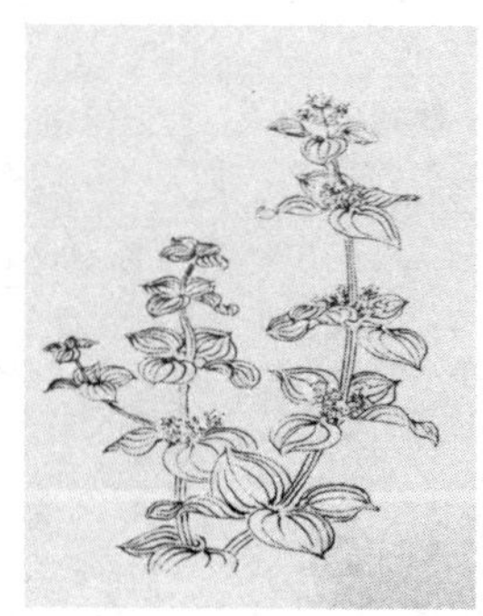

茹藘

【概意】

表现男子爱情专一。

【注释】

①缟（gǎo）：白色。綦（qí）：青绿色。缟和綦都是女服中较为贫陋的。员：语助词。

②闉阇（yīn dū）：城外曲城的重门。荼：白茅花。且：语助词。茹藘（lú）：茜草，可染绛色。

【译文】

走出城东门，美女多如云。
虽然多如云，却无一人在心上。

只有白衣绿佩巾，才能得到我欢心。

走出城门外，美女多如花。
虽然多如花，却无一人在心上。
只有白衣红佩巾，才能一起共欢乐。

野有蔓草

【原文】

野有蔓草，零露漙兮。
有美一人，清扬婉兮。
邂逅相遇，适我愿兮。①

野有蔓草，零露瀼瀼。
有美一人，婉如清扬。
邂逅相遇，与子偕臧。②

【概意】

清早露水未干，田野间一对情人不期而遇的喜悦。

【注释】

①蔓（wàn）：茂盛。漙（tuán）：形容露水多。清扬婉兮：眉目之间清秀柔美。婉：婉约柔美。邂逅：不期而遇。

②瀼瀼（ráng）：形容露水多。臧：好，善。

【译文】

蔓草遍地生，落下露水重而多。
有个美丽的姑娘，眉清目秀真柔婉。
不期而遇见到她，正如我心所愿。

蔓草遍地生，落下露水清而多。
有个美丽的姑娘，眉清目秀真柔婉。
不期而遇见到她，与她一同欢乐。

溱洧

【原文】

溱与洧，方涣涣兮。
士与女，方秉蕑兮。
女曰："观乎？"
士曰："既且，且往观乎？"
洧之外，洵訏且乐。
维士与女，伊其相谑，赠之以勺药。①

溱与洧，浏其清矣。
士与女，殷其盈矣。
女曰："观乎？"
士曰："既且，且往观乎？"
洧之外，洵訏且乐。
维士与女，伊其将谑，赠之以勺药。②

【概意】

青年男女同游之乐。

【注释】

①溱（zhēn）、洧（wěi）：河水名。在今河南中部，出登封县北阳城山，东流至新郑县南，与溱水汇合为双洎河。涣涣：春水盛大的样子。秉：拿着。蕑（jiān）：兰草的一种，生于水泽，故名泽兰，与山兰有别。暮春采其苗作浴汤，为古风俗。訏（xū）：大。勺药：今之芍药不同，一种香草。

②浏（liú）：水清。殷：众多。

【译文】

溱水与洧水，水多正涨满。
小伙和姑娘，兰草拿在手。
姑娘说："去看看吗？"
小伙说："刚看过，不妨再去看一看？"

洧水的外面，地敞人多真快乐。
到处挤满男和女，他们互相戏谑，互相赠送勺药。

溱水与洧水，水流多清澈。
小伙和姑娘，多得满满。
姑娘说：“去看看吗？”
小伙说：“刚看过，不妨再去看一看？”
洧水的外面，地敞人多真快乐。
到处挤满男和女，他们互相戏谑，互相赠送勺药。

国风·齐风

周武王时，把齐分封给姜太公，后又兼并些小国，其范围包括今之山东省及河北省东南部。

鸡鸣

【原文】

“鸡既鸣矣，朝既盈矣。”
“匪鸡则鸣，苍蝇之声。”①

“东方明矣，朝既昌矣。”
“匪东方则明，月出之光。”②

“虫飞薨薨，甘与子同梦。”
“会且归矣，无庶予子憎。”③

【概意】

妻子催促丈夫早起上朝，担心丈夫早朝延误有失名声道德。

【注释】

①朝：朝堂。一说早集，早朝。

②昌：盛，多。一说点名。

③薨薨（hōng）：虫子聚在一起飞发出的声音。会：早朝聚会。归：散会回家。甘：愿。无庶予子憎：庶无予子憎。

【译文】

“公鸡已经叫啦，朝堂上已经人满啦。”
“不是公鸡叫，是苍蝇嗡嗡叫。”

“东方已经已亮啦，朝堂上人已多啦。”
“不是东方亮，是月亮的光。”

“虫子嗡嗡飞，甘愿与你温好梦。”
“上朝官员快散啦，不要让人因你起床迟而恨我！”

还

【原文】

子之还兮，遭我乎峱之间兮。
并驱从两肩兮，揖我谓我儇兮。①

子之茂兮，遭我乎峱之道兮。
并驱从两牡兮，揖我谓我好兮。②

子之昌兮，遭我乎峱之阳兮。
并驱从两狼兮，揖我谓我臧兮。③

【概意】

两个猎人山中相遇，一起追赶猎物并相互赞美。

【注释】

①还（xuán）：轻捷的样子。峱（náo）：山名，在泰山东临淄县南。从：追逐。肩：三岁的兽。儇（xuān）：敏捷。

②茂：美。牡：公兽。

③昌：壮大，美好。臧（zāng）：好。

【译文】

你真轻快敏捷啊，遇见我在峱山间。

一起追赶两只野兽，向我作揖夸我敏捷。

你真英俊漂亮啊，遇见我在猺山道。
一起追赶两只雄兽，向我作揖夸我身手好。

你真强壮美好啊，遇见我在猺山南。
一起追赶两只狼，向我作揖夸我好身手。

著

【原文】

俟我于著乎而，充耳以素乎而，尚之以琼华乎而。①
俟我于庭乎而，充耳以青乎而，尚之以琼莹乎而。②
俟我于堂乎而，充耳以黄乎而，尚之以琼英乎而。③

【概意】

讽刺当时婚姻之时男子不亲迎女子。

【注释】

①俟：迎候。女婿到女家迎亲，等待新娘上车。著：门屏之间。古代婚娶亲迎的地方。乎而：语气助词。充耳：饰物，以瑱玉制成，悬在冠之两侧，下垂至耳旁。素、青、黄：各色丝线。尚：用玉加在帽子上。琼：美玉。华、莹、英：均指玉之色泽。

②庭：庭院。

③堂：堂屋。

【译文】

她等我在门屏前呀，瑱玉用白丝挂在两边呀，帽子上饰着美玉多明艳呀。
她等我在庭院里呀，瑱玉用青丝挂在两边呀，帽子上饰着美玉多明亮呀。
她等我在堂屋里呀，瑱玉用黄丝挂在两边呀，帽子上饰着美玉多华贵呀。

东方之日

【原文】

东方之日兮，彼姝者子，在我室兮。
在我室兮，履我即矣。①

东方之月兮，彼姝者子，在我闼兮。
在我闼兮，履我发兮。②

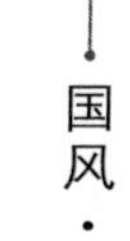

【概意】

恋人恩爱，形影不离。

【注释】

①姝（shū）：漂亮女子。即：相就，亲近。一说脚步。

②闼（tà）：门内。发：走去。一说脚迹。

【译文】

东方的太阳啊，那个美丽的姑娘，在我的房。
在我的房，踏着我的脚步走。

东方的月亮啊，那个美丽的姑娘，在我的门内。
在我的门内，踏着我的脚步走。

东方未明

【原文】

东方未明，颠倒衣裳。
颠之倒之，自公召之。①

东方未晞，颠倒裳衣。
颠之倒之，自公令之。②

折柳樊圃，狂夫瞿瞿。
不能辰夜，不夙则莫。[3]

【概意】

讽刺在高位者用民无时。

【注释】

①衣裳：上衣下裳。公：公家。

②晞（xī）：破晓，天刚亮。

③樊：藩篱，篱笆。圃：菜园。狂夫：监工。一说狂妄无知的人。瞿瞿（qù）：受惊回头看的样子。辰夜：管夜里时刻。夙（sù）：早。莫（mù）：暮，晚上。

【译文】

东方还没亮，匆忙穿衣弄颠倒。
颠来倒去穿不好，只因公家诏令到。

东方还没亮，慌忙穿衣弄颠倒。
颠来倒去穿不好，只因公家召唤忙。

折柳编篱围菜园，监工张狂瞪着眼。
没有自己的日和夜，不是起早就睡晚。

南山

【原文】

南山崔崔，雄狐绥绥。
鲁道有荡，齐子由归。
既曰归止，曷又怀止？[1]

葛屦五两，冠緌双止。
鲁道有荡，齐子庸止。

既曰庸止，曷又从止？②

蓺麻如之何？衡从其亩。
取妻如之何？必告父母。
既曰告止，曷又鞠止？③

析薪如之何？匪斧不克。
取妻如之何？匪媒不得。
既曰得止，曷又极止？④

【概意】

讽刺齐襄公与鲁桓公夫人文姜淫乱，鲁桓公纵容文姜而不防备，以致遭杀身之祸。

【注释】

①崔崔：山势高峻的样子。绥绥：求偶的样子。荡：平坦。怀：思。一说来。

②屦（jù）：用麻、葛等制成的鞋。五两：排列成双。緌（ruí）：帽带。双止：帽带是成双为止。庸：用，指文姜嫁与鲁桓公。从：相从。

③蓺（yì）：同“艺”，种植。衡从：横纵，东西曰横，南北曰纵。鞠（jú）：放任无束。

④析：砍伐。极：恣极，放纵无束。

【译文】

南山巍巍，雄狐找伴。
鲁国大道平又广，齐国女子从此嫁。
既然她已嫁别人，为啥还把她放心上？

葛鞋成双，帽带成对。
鲁国大道平又广，齐国女子从此嫁。
既然她已嫁别人，为啥还跟她有往来？

怎么种麻？必先修垄亩。

怎么娶妻？必先告父母。
既然已经禀告父母娶过来，为啥任她去放纵？

怎么砍柴？没有斧子砍不倒。
怎么娶妻？没有媒人娶不到。
既然已经明媒正娶来，为啥让她放纵到极点？

卢令

【原文】

卢令令，其人美且仁。[①]
卢重环，其人美且鬈。[②]
卢重鋂，其人美且偲。[③]

【概意】
赞美猎人之诗。
【注释】
①卢：猎犬。令令：猎犬颈圈的铃声。
②重（chóng）环：子母环。鬈（quán）：美好。一说勇武。
③鋂（méi）：一个大环套两个小环。偲（cāi）：多才。一说胡须多而美。
【译文】

猎犬颈圈铃铃响，猎人英俊又善良。
猎犬脖上套双环，猎人英俊又美好。
猎犬脖上环套环，猎人英俊又多才。

敝笱

【原文】

敝笱在梁，其鱼鲂鳏。
齐子归止，其从如云。[①]

敝笱在梁，其鱼鲂鱮。
齐子归止，其从如雨。②

敝笱在梁，其鱼唯唯。
齐子归止，其从如水。③

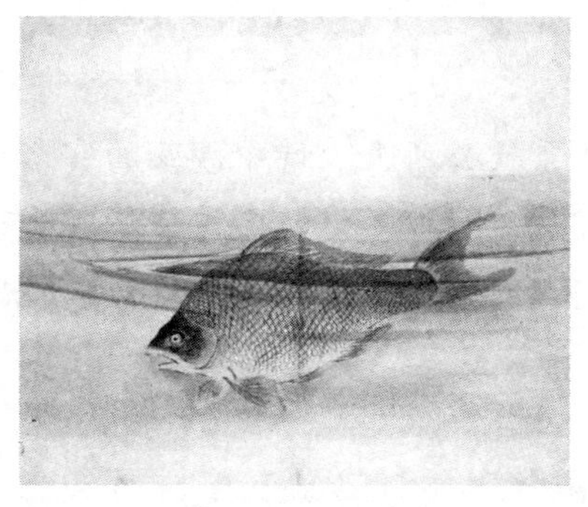

鲂

鱮

【概意】

对鲁国国母文姜回齐国探亲时荒淫无耻的秽行的暗讽。

【注释】

①笱（gǒu）：鱼篓，捕鱼器具，鱼进入鱼篓内而不得出。梁：鱼堰。鲂（fáng）：鳊鱼。鳏（guān）：黄颊鱼。

②鱮（xù）：鲢鱼。

③唯唯：形容鱼群相随成串。

【译文】

破鱼篓拦在鱼梁上，鳊鱼哎鲲鱼哎。
齐国女子回国去，随从人员多如云。

破鱼篓拦在鱼梁上，鳊鱼哎鲢鱼哎。
齐国女子回国去，随从人员多如雨。

破鱼篓拦在鱼梁上，鱼群来往相随。
齐国女子回国去，随从人员多如水。

国风·魏风

魏国，周初分封给了同姓诸侯，后被晋献公所灭。诗中涉及的官名为晋国官名，但不确定魏国是否也有同样的官位，所以不好确定诗中所写之事是魏国之事还是晋国之事。地里范围相当于今之山西南部、河南北部和陕西、河北的部分地区。

葛屦

【原文】

纠纠葛屦，可以履霜。
掺掺女手，可以缝裳。
要之襋之，好人服之。①

好人提提，宛然左辟，佩其象揥。
维是褊心，是以为刺。②

【概意】

女仆为主人缝制衣鞋，主人大模大样，不理不睬。

【注释】

①纠纠：缠绕。屦（jù）：鞋。掺掺（xiān）：纤巧。要（yāo）：同腰。襋（jí）：衣领。

②提提：安然舒坦的样子。宛然：回转。左辟：左避。揥（tì）：古首饰，可以搔头。类似发篦。褊（piān）心：心地狭窄。刺：讽刺。

【译文】

脚裹旧麻鞋，可以去踩霜。
纤纤素巧手，可以缝衣裳。
提着腰带和衣领，服侍贵人来试穿。

贵人穿得真舒服，左转对我不理睬，自顾去戴象牙簪。
只是偏心没度量，所以作诗来讽刺。

园有桃

【原文】

园有桃，其实之殽。心之忧矣，我歌且谣。
不知我者，谓我士也骄。彼人是哉，子曰何其？
心之忧矣，有谁知之。有谁知之，盖亦勿思。①

园有棘，其实之食。心之忧矣，聊以行国。
不知我者，谓我士也罔极。彼人是哉，子曰何其？
心之忧矣，有谁知之？有谁知之？盖亦勿思。②

【概意】
士人心中忧愁，慨叹知己难得。
【注释】
①歌、谣：曲合乐曰歌，徒歌曰谣。其：语气助词。盖（hé）：曷，何。
②棘：指酸枣。行国：到处流浪。罔极：心放纵而无所至。
【译文】
果园里面有桃树，果实可以作佳肴。我的心中有忧伤，姑且唱歌又诵谣。
不理解我心的人，说我士子太狂傲。那个人这样说，你有什么要说的？
我的心中有忧伤，我的忧伤谁知道。我的忧伤谁知道，何不丢开不去想。

果园里面有酸枣，果实可以作佳食。我的心中有忧伤，暂且周游来消愁。
不理解我心的人，说我士子太偏激。那个人这样说，你有什么要说的？

我的心中有忧伤，我的忧伤谁知道。我的忧伤谁知道，何不丢开莫烦恼。

陟岵

【原文】

陟彼岵兮，瞻望父兮。
父曰："嗟！予子行役，夙夜无已。上慎旃哉，犹来无止。"①

陟彼屺兮，瞻望母兮。
母曰："嗟！予季行役，夙夜无寐。上慎旃哉，犹来无弃。"②

陟彼冈兮，瞻望兄兮。
兄曰："嗟！予弟行役，夙夜无偕。上慎旃哉，犹来无死。"③

【概意】

离乡服役之人，登高远望，想起临行前父母兄弟对自己的嘱咐。

【注释】

①陟（zhì）：登。岵（hù）：有草木的山。上：通尚。旃（zhān）：之，语气助词。犹：可。

②屺（qǐ）：无草木的山。季：兄弟中排行第四或最小。

③偕：一起。

【译文】

登上葱茏的山岗，远远把爹爹望。

想起爹爹对我说："唉，我的儿子去服役，白天黑夜不得停。谨慎照顾自己啊，可以归来莫停留。"

登上荒芜的山岗，远远把妈妈望。

想起我妈对我说："唉，我的小儿去服役，白天黑夜不得睡。谨慎照顾自己啊，可以归来莫放弃。"

登上那座小山岗，远远把哥哥望。

想起我哥对我讲："唉，我的弟弟去服役，白天黑夜一个样。谨慎照顾自己啊，可以归来不要死。"

伐檀

【原文】

坎坎伐檀兮，寘之河之干兮。河水清且涟猗。
不稼不穑，胡取禾三百廛兮？
不狩不猎，胡瞻尔庭有县貆兮？
彼君子兮，不素餐兮？①

坎坎伐辐兮，置之河之侧兮。河水清且直兮。
不稼不穑，胡取禾三百亿兮？
不狩不猎，胡瞻尔庭有县特兮？
彼君子兮，不素食兮！②

坎坎伐轮兮，置之河之漘兮。河水清且沦猗。
不稼不穑，胡取禾三百囷兮？
不狩不猎，胡瞻尔庭有县鹑兮？
彼君子兮，不素飧兮！③

鹌鹑

【概意】

劳动者对贵族阶层不劳而获的讽刺。

【注释】

①坎坎：伐木的声音。干：河岸。涟：风吹水形成的波纹。猗（yī）：类似“兮”，语气助词。稼（jià）：播种。穑（sè）：收割。廛（chān）：束。狩：冬天打猎。县：同悬，挂。貆（huān）：獾。一说幼小的貉。素餐：不劳而获。

②直：水流的直波。亿：束。特：三岁的小兽。

③漘（chún）：河岸。沦（lún）：轮状的圆形的水波。囷（qūn）：束。一说圆形的谷仓。鹑：鹌鹑。飧（sūn）：晚餐。

【译文】

叮叮当当砍檀树，把树堆在河岸上。河水清清起波涟。
不耕种也不收割，为何取稻三百束？
不上山也不打猎，为何庭中挂貉肉？
那些君子啊，从来不会白吃饭！

叮当砍树做车辐，把树堆在河旁边。河水清清起直波。
不耕种也不收割，为何取稻三百束？
不上山也不打猎，为何庭中挂兽肉？
那些君子啊，从来不会白吃饭！

叮当砍树做车轮，把树堆放在河边。河水清清起环波。
不耕种也不收割，为何取稻三百束？
不上山也不打猎，为何庭中挂鹌鹑？
那些君子啊，从来不会白吃饭！

硕鼠

【原文】

硕鼠硕鼠，无食我黍！三岁贯女，莫我肯顾。
逝将去女，适彼乐土。乐土乐土，爰得我所。①

硕鼠硕鼠，无食我麦。三岁贯女，莫我肯德。
逝将去女，适彼乐国。乐国乐国，爰得我直。②

硕鼠硕鼠，无食我苗。三岁贯女，莫我肯劳。
逝将去女，适彼乐郊。乐郊乐郊，谁之永号。③

硕鼠

【概意】

下层劳动者讽刺抱怨统治者的压榨，希望能到没有剥削的乐土去。

【注释】

①硕鼠：大老鼠。一说田鼠。黍（shǔ）：黄米。贯：豢养，养活。逝：誓。

②直：同值，价值。

③劳：慰劳。永号：永远叫苦。

【译文】

大老鼠啊大老鼠，不要偷吃我黄米。多年一直养活你，你却从不照顾我。
发誓将要离开你，去那安逸的乐土。乐土呀乐土，是我理想的处所。

大老鼠啊大老鼠，不要偷吃我麦子。多年一直养活你，你却从不曾感德。
发誓将要离开你，去那安逸的乐国。乐国呀乐国，能够得到我的价值。

大老鼠啊大老鼠，不要偷吃我禾苗。多年一直养活你，你却从不慰劳我。
发誓将要离开你，去那安逸的乐郊。乐郊呀乐郊，谁会长久地苦叫。

国风·唐风

唐，国名。周成王时封叔虞为唐侯，后虞子燮改国号为晋。之所以称唐风，是仍沿用旧封号的缘故其范围相当于今之山西太原一带、河北西南、河南北部以及陕西的一小部分。

蟋蟀

【原文】

蟋蟀在堂，岁聿其莫。今我不乐，日月其除。
无已大康，职思其居。好乐无荒，良士瞿瞿。①

蟋蟀在堂，岁聿其逝。今我不乐，日月其迈。
无以大康，职思其外。好乐无荒，良士蹶蹶。②

蟋蟀在堂，役车其休。今我不乐，日月其慆。
无已大康，职思其忧。好乐无荒，良士休休。③

蟋蟀

【概意】

岁末临近，告诫自己行乐有节，不要荒废正事。

【注释】

①蟋蟀：一种昆虫，也叫促织。聿（yù）：语气助词。莫：同暮。除：过去。无：勿，不要。大（tài）康：过于享乐。职：当，主。居：指人的处境。一说所处之事。好乐：娱乐。瞿（jù）：收敛。

②逝、迈：过去。蹶蹶（guì）：敏捷。

③役车：服役的车子。慆（tāo）：逝去。休休：乐而有节，安闲自得。

【译文】

蟋蟀在堂屋里叫，一年快要过去了。今天我不快乐，一年日月快完了。
不要过度地作乐，本职事要放心头。行乐不要荒正业，善人收敛不过度。

蟋蟀在堂屋里叫，一年快要过去了。今天我不快乐，一年日月快完了。
不要过度地作乐，分外事情要惦记。行乐不能荒正业，善人敏捷要勤奋。

蟋蟀在堂屋里叫，服役的车子也休息。今天我不快乐，一年日月快完了。
不要过度地作乐，本职事要多思虑。行乐不能荒正业，善人安闲乐有节。

绸缪

【原文】

绸缪束薪，三星在天。
今夕何夕？见此良人。
子兮子兮，如此良人何？①

绸缪束刍，三星在隅。
今夕何夕？见此邂逅。
子兮子兮，如此邂逅何？②

绸缪束楚，三星在户。
今夕何夕？见此粲者。

子兮子兮，如此粲者何？[③]

【概意】

男女新婚时欢乐调笑的诗。

【注释】

①绸缪（chóu móu）：缠绕。束薪：捆在一起的柴草，比喻新婚。三星：参星，主要由三颗星组成，黄昏出现在东方。良人：丈夫。

②刍（chú）：喂牲口的青草。邂逅（xiè hòu）：不期而遇。

③楚：落叶灌木。粲（càn）：鲜明的样子。

【译文】

缠绕捆起柴薪，三星亮起在天。
今夜是何夜？见到这个好人。
你啊你啊，像这样的好人怎么办啊？

缠绕捆起柴草，三星亮起在屋角。
今夜是何夜？碰到这样的相遇。
你啊你啊，像这样的相遇怎么办啊？

缠绕捆起柴楚，三星亮起在户梢。
今夜是何夜？见到如此美之人。
你啊你啊，像这样美人怎么办啊？

鸨羽

【原文】

肃肃鸨羽，集于苞栩。
王事靡盬，不能艺稷黍。
父母何怙。悠悠苍天，曷其有所？[①]

肃肃鸨翼，集于苞棘。
王事靡盬，不能艺黍稷。

父母何食？悠悠苍天，曷其有极？②

肃肃鸨行，集于苞桑。
王事靡盬，不能艺稻粱。
父母何尝？悠悠苍天，曷其有常？③

鸨

【概意】

徭役繁重，底层劳动者甚至没有闲暇耕种以养活父母。

【注释】

①肃肃：鸟扇动翅膀的响声。鸨（bǎo）：鸟名，似雁。苞：丛生。栩（xǔ）：柞树。盬（gǔ）：停息。艺：种植。稷：稷谷。黍：黄米。怙（hù）：依靠。

②棘（jí）：酸枣树，落叶灌木。

③行：行列。

【译文】

鸨鸟簌簌拍翅膀，落在丛生的柞树上。
周王差事无停息，无法去种稷和黍。
爹娘依靠啥？高高的青天啊，何时才能有所依？

鸨鸟簌簌展翅膀，落在丛生的酸枣上。
周王差事做不完，无法去种黍和稷。
爹娘去吃啥？高高的青天啊，何时才能有个完？

鸨鸟簌簌飞成行，落在丛生的桑树上。
周王差事做不完，无法去种稻和粱。
爹娘去尝啥？高高的青天啊，何时才能正常些？

葛生

【原文】

葛生蒙楚，蔹蔓于野。
予美亡此，谁与独处。①

葛生蒙棘，蔹蔓于域。
予美亡此，谁与独息。②

角枕粲兮，锦衾烂兮。
予美亡此，谁与独旦。③

夏之日，冬之夜，
百岁之后，归於其居。④

冬之夜，夏之日，
百岁之后，归於其室。⑤

蔹

【概意】

悼念丈夫从军阵亡。

【注释】

①楚：落叶灌木。蔹（liǎn）：白蔹，攀援性草本植物，根可入药。予美：指我的爱人。

②域：指坟地。

③角枕：牛角枕。粲：鲜明的样子。锦衾：锦缎被子。烂：灿烂。

④夏之日，冬之夜：夏之日长，冬之夜长。其居：指亡夫的墓穴。

⑤其室：指亡夫的冢坑。

【译文】

葛藤蜿蜒覆荆条，蔹草蔓延在山野。
我的爱人葬在此，谁陪他独处。

葛藤蜿蜒覆酸枣，蔹草蔓延遍坟地。
我的爱人葬在此，谁陪他独自安息。

牛角枕头光灿灿，锦缎被子艳闪闪。
我的爱人葬在此，谁陪他孤独到天亮。

夏天绵长的白昼，冬日无尽的寒夜。
百年以后，回到他的墓穴中。

冬日无尽的寒夜，夏天绵长的白昼。
百年以后，回到他的冢坑中。

国风·秦风

东周初年，秦襄公因为出兵护送周平王有功而被封为诸侯。周平王许诺只要秦襄公能将北方的少数民族平定，就将周西都畿之内的八百里地给秦襄公作封地。地理范围相当于今之陕西中部和甘肃东南部。

蒹葭

【原文】

蒹葭苍苍，白露为霜。所谓伊人，在水一方。
溯洄从之，道阻且长。溯游从之，宛在水中央。①

蒹葭凄凄，白露未晞。所谓伊人，在水之湄。
溯洄从之，道阻且跻。溯游从之，宛在水中坻。②

蒹葭采采，白露未已，所谓伊人，在水之涘。
溯洄从之，道阻且右；溯游从之，宛在水中沚。③

蒹

【概意】

想望伊人，可望而不可即。

【注释】

①蒹（jiān）葭（jiā）：初生的芦苇。苍苍：茂盛的样子。溯（sù）洄：逆流而上。溯游：顺流而下。

②凄凄：同萋萋，茂盛的样子。晞（xī）：干。湄：河岸水草交汇处。跻（jī）：登高，升高。坻（chí）：小水中的高地，小岛。

③采采：茂盛的样子。涘（sì）：水边。右：右转，不直，绕弯。沚（zhǐ）：水中的沙洲。

【译文】

芦苇初生色青青，夜来白露结成霜。我所思念的那人，在河水的那一方。

逆流而上去追寻，道路受阻又漫长。顺流而下去追寻，仿佛就在水中央。

芦苇初生叶茂盛，太阳初升露未干。我所思念的那人，就在河边的草滩。

逆流而上去追寻，道路受阻难攀登。顺流而下去追寻，仿佛就在水中的小岛。

芦苇初生茂又长，太阳初升露未尽。我所思念的那人，就在河水岸边上。

逆流而上去追寻，道路受阻绕弯多。顺流而下去追寻，仿佛就在水中沙洲。

黄鸟

【原文】

交交黄鸟，止于棘。谁从穆公？子车奄息。
维此奄息，百夫之特。临其穴，惴惴其慄。
彼苍者天，歼我良人！如可赎兮，人百其身。①

交交黄鸟，止于桑。谁从穆公？子车仲行。
维此仲行，百夫之防。临其穴，惴惴其慄。
彼苍者天，歼我良人！如可赎兮，人百其身。②

交交黄鸟，止于楚。谁从穆公？子车鍼虎。
维此鍼虎，百夫之御。临其穴，惴惴其慄。
彼苍者天，歼我良人！如可赎兮，人百其身。③

黄鸟

【概意】

秦穆公杀三良臣以殉葬，秦人痛惜。

【注释】

①交交：飞来飞去的样子。一说鸟叫声。棘：酸枣树。从：从死，即殉葬。子车奄息：子车，氏名，奄息，人名，下文的仲行、鍼虎亦人名。特：杰出。一说匹敌。惴惴（zhuì）：恐惧。慄：战栗。歼：灭亡。人百其身：一人替三良死百次都愿意。一说以百人换其一人。

②防：抵挡。

③楚：荆树条。御：抵挡。

【译文】

黄鸟飞来又飞去，酸枣枝上停下来。何人殉葬秦穆公？子车氏名奄息啊。
就是这个好奄息，勇武百人难匹敌。走近他的墓穴，让人胆战又心惊。
苍天啊，我们的好人竟被坑杀！如果可以赎他死，人愿百死替其身。

黄鸟飞来又飞去，桑树枝上歇下来。何人殉葬秦穆公？子车氏名仲行啊。
就是这个好仲行，英勇百人难抵挡。走近他的墓穴，让人胆战又心惊。
苍天啊，我们的好人竟被坑杀！如果可以赎他死，人愿百死替其身。

交交黄鸟鸣声哀，荆树枝上落下来。是谁殉葬秦穆公？子车氏名鍼虎啊。
就是这个好鍼虎，勇敢百人难抵御。走近他的墓穴，让人胆战又心惊。

苍天啊，我们的好人竟被坑杀！如果可以赎他死，人愿百死替其身。

无衣

【原文】

岂曰无衣，与子同袍。
王于兴师，修我戈矛，与子同仇。①

岂曰无衣，与子同泽。
王于兴师，修我矛戟，与子偕作。②

岂曰无衣，与子同裳。
王于兴师，修我甲兵，与子偕行。③

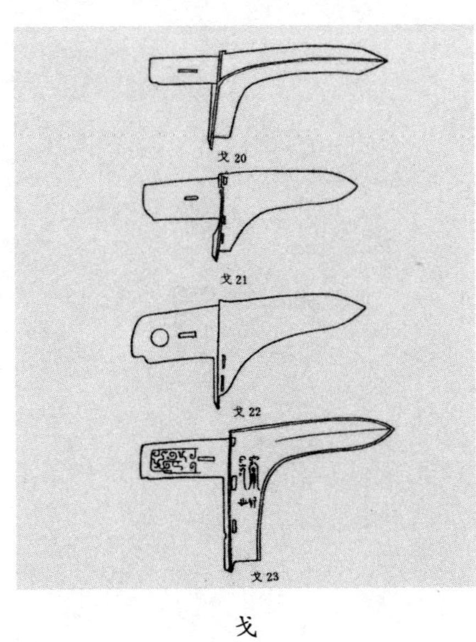

戈

【概意】

战士共赴战场，同仇敌忾的情谊。

【注释】

①袍：长衣服的统称。戈：古兵器，曲头，横刃，用青铜或铁制成，装有长柄。矛：古兵器，长柄，有刃，用以刺敌。

②泽：贴肤的里衣。偕作：一起干。戟（jǐ）：古兵器，装有长柄，既有直刃又有横刃，实际上是戈和矛的合成体。

③裳：此处指战裙。用以护膝护腿。甲：铠甲。兵：兵器。偕行：同一行伍。

【译文】

怎说没长袍，和你穿同样的战袍。周王出兵打仗，修整好我们的长戈长矛，与你一同对敌。

怎说没内衣，和你穿同样的内衣。周王出兵打仗，修整好我们的长矛长戟，与你一同有所作。

怎说没衣裳，和你穿同样的下裳。周王出兵打仗，修整好我们的盔甲兵器，与你一同前行。

国风·陈风

帝舜之后虞阏父是商朝有名的制陶者，商朝末年投靠周武王，担任武王的陶正（管理制陶器之事）一职。后武王将大女儿许配给其子满，并将陈地赐给其做封地，国号为陈，国都城在今河南淮阳一带。

东门之池

【原文】

东门之池，可以沤麻。
彼美淑姬，可与晤歌。①

东门之池，可以沤纻。
彼美淑姬，可与晤语。②

东门之池，可以沤菅。
彼美淑姬，可与晤言。③

【概意】

男女约会交谈、对歌的情诗。

【注释】

①池：池塘。沤（òu）：长期用水浸泡。晤：遇见，面对面。歌：用歌声互相唱和。

②纻：苎麻，茎皮含纤维质，可做绳，织布。

③菅（jiān）：菅草，叶子细长，可做绳。

【译文】

东门的池塘，可以长期浸泡麻。
那个漂亮善良的姬家姑娘，可以和她相对唱。

东门的池塘，可以长期浸泡苎麻。
那个漂亮善良的姬家姑娘，可以和她相对讲。

东门的池塘，可以长期浸泡菅草。
那个漂亮善良的姬家姑娘，可以和她相对谈。

东门之杨

【原文】

东门之杨，其叶牂牂。
昏以为期，明星煌煌。①

东门之杨，其叶肺肺。
昏以为期，明星晢晢。②

【概意】

男女恋爱，约会于黄昏之后，另一方却久久未到。

【注释】

①牂牂（zāng）：风吹树叶的响声。昏：黄昏。明星：启明星，天亮前后出现与地平线。煌煌：明亮。

②肺肺（pèi）：风吹树叶的响声。晢（zhé）：明亮。

【译文】

东城门外的杨树，叶子沙沙响。
约好了黄昏见面，启明星都已闪闪亮。

东城门外的杨树，叶子沙沙响。
约好了黄昏见面，启明星都已明明亮。

防有鹊巢

【原文】

防有鹊巢，邛有旨苕。
谁侜予美？心焉忉忉。①

中唐有甓，邛有旨鹝。
谁侜予美？心焉惕惕。②

苕

【概意】

因爱人受人欺骗而感到心忧。

【注释】

①防：水坝。一说城墙。水坝和城墙上不可能有雀巢，现在竟然有了。邛（qióng）：山丘。旨：美。苕（tiáo）：水草名。一说芦苇。山上不可能长水草，现在竟然有了。侜（zhōu）：欺骗。忉忉（dāo）：苦恼。

②唐：朝堂前和宗庙门内的大路。甓（pì）：瓦砖，用以作瓦沟。鹝（yì）：绶草。惕惕：担忧害怕。

【译文】

堤坝怎会筑鹊巢，山丘怎会长出苕，
是谁欺骗我爱人？心里忧愁又苦恼。

路上怎会铺房瓦？山丘怎会长绶草，
是谁欺骗我爱人？心里担惊又受怕。

月出

【原文】

月出皎兮，佼人僚兮。
舒窈纠兮，劳心悄兮。①

月出皓兮，佼人懰兮。
舒忧受兮，劳心慅兮。②

月出照兮，佼人燎兮。
舒夭绍兮，劳心惨兮。③

【概意】

月下思念一个漂亮的姑娘。

【注释】

①佼（jiǎo）：美好。僚（liǎo）：美丽。窈纠（yǎo jiǎo）：行步舒缓。劳心：思念。悄（qiǎo）：忧。

②懰（liǔ）：美好。忧（yǒu）受：舒迟貌。慅（cǎo）：忧愁，心神不安。

③燎（liǎo）：明。夭绍：柔美。惨（cǎo）：忧愁。

【译文】

月亮出来真皎洁啊，佳人仪容真漂亮啊。
她缓步慢行的样子啊，让我心儿想得苦啊。

月亮出来多洁白啊，佳人仪容真姣好啊。
她悠悠慢行的样子啊，让我心儿想得闷啊。

月亮出来光普照啊，佳人仪容真美好啊。

她娇柔缓步的样子啊，让我心儿想得愁啊。

泽陂

【原文】

彼泽之陂，有蒲与荷。
有美一人，伤如之何？
寤寐无为，涕泗滂沱。①

彼泽之陂，有蒲与蕑。
有美一人，硕大且卷。
寤寐无为，中心悁悁。②

彼泽之陂，有蒲菡萏。
有美一人，硕大且俨。
寤寐无为，辗转伏枕。③

荷

【概意】

恋人苦思。

【注释】

①陂（bēi）：堤防，堤岸。伤：忧思。涕：眼泪。泗：鼻涕。

②蕑（jiān）：兰草。一说通莲，荷花。卷（quàn）：通鬈，卷发。悁悁（yuān）：郁郁不乐。

③菡萏（hàn dàn）：荷花。俨：双下巴。

【译文】

在那湖水边沿，长着蒲草与荷花。
有个美丽的人儿，让我思念得没办法。
睡着醒着无所谓，稍稍一想起涕泪如雨下。

在那湖水边沿，长着蒲草与荷花。
有个美丽的人儿，身材丰盈头发卷。
睡着醒着无所谓，心中忧郁把她想。

在那湖水边沿，长着蒲草与荷花。
有个美丽的人儿，身材丰盈双下巴。
睡着醒着无所谓，翻来覆去伏在枕上把她想。

国风·桧风

桧国，其国君为祝融的后代，春秋初年为郑桓公所灭，都城在今河南的密县与新郑之间。

羔裘

【原文】

羔裘逍遥，狐裘以朝。
岂不尔思？劳心忉忉。①

羔裘翱翔，狐裘在堂。
岂不尔思？我心忧伤。②

羔裘如膏，日出有曜。
岂不尔思？中心是悼。③

【概意】

大夫讽谏君主不能以道治国，国家有危难而不自知，仍自顾自逍遥游乐。

【注释】

①羔裘：羔皮袍子。狐裘：狐皮袍子。朝（cháo）：上朝，朝堂议事。忉忉：忧愁的样子。

②翱翔：鸟儿回旋飞，比喻人行动悠闲自得。

③膏：脂膏。曜（yào）：发光。悼：哀伤。

【译文】

穿着羊羔皮袄去逍遥，穿着狐皮袍子去上朝。
怎么会是不想你，想得我忧心忡忡。

穿着羊羔皮袄去飞翔，穿着狐皮袍子去朝堂。
怎么会是不想你，想得我心忧伤。

羊羔皮袄洁白如脂，太阳照着闪闪发亮。
怎么会是不想你，想得心中满哀伤。

隰有苌楚

【原文】

隰有苌楚，猗傩其枝。
夭之沃沃，乐子之无知。①

隰有苌楚，猗傩其华。
夭之沃沃，乐子之无家。②

隰有苌楚，猗傩其实。
夭之沃沃，乐子之无室。③

【概意】

诗人生处乱世，自叹不如草木无知无累，无家无室。

【注释】

①隰（xí）：洼地，湿地。苌（cháng）楚：植物名，今称羊桃。猗傩：轻盈柔美。夭：初生，少幼。沃沃：光泽。乐：喜爱、羡慕。子：指苌楚。

②华：花。

③无室：与“无家”含义相同，指无家室拖累。

【译文】

洼地有羊桃，枝条婀娜随风摆。

幼嫩又光润，羡慕你无知无识好自在。

洼地有羊桃，花朵婀娜随枝摆。
柔嫩又光润，羡慕你没有家庭好快乐。

洼地有羊桃，果儿婀娜随枝摇。
青嫩又光润，羡慕你没有家室好逍遥。

国风·曹风

曹国，周武王分封给弟弟振铎的封地，相当于今之山东定陶、菏泽、曹县一带。

鸤鸠

【原文】

鸤鸠在桑，其子七兮。淑人君子，其仪一兮。
其仪一兮，心如结兮。①

鸤鸠在桑，其子在梅。淑人君子，其带伊丝。
其带伊丝，其弁伊骐。②

鸤鸠在桑，其子在棘。淑人君子，其仪不忒。
其仪不忒，正是四国。③

鸤鸠在桑，其子在榛。淑人君子，正是国人。
正是国人，胡不万年？④

鸤鸠

【概意】

称颂君子的仪态风度好，意在讽刺上层在位者无君子威仪。

【注释】

①鸤（shī）鸠：布谷鸟，它的体形大小和鸽子差不多，不擅长筑巢，偷偷产卵在其他鸟类的巢中，让其代孵化。仪：仪容。结：固而不散。比喻像绳结一样牢固。

②弁（biàn）：皮帽。

③忒：变更。正：法则。

④国人：指曹国百姓。

【译文】

布谷鸟儿在桑树，它的子女有七个。善良的美君子，他的威仪始终如一。他的仪容始终如一，内心操守牢如绳结。

布谷鸟儿在桑树，它的子女在梅树。善良的美君子，他的腰带用白丝镶。他的腰带用白丝镶，他的皮帽用青丝镶。

布谷鸟儿在桑树，它的子女在酸枣树。善良的美君子，他的威仪不走样。他的威仪不走样，可以作为各国的法则。

布谷鸟儿在桑树，它的子女在榛树。善良的美君子，百姓效仿好榜样。百姓效仿好榜样，为什么万年不得。

下泉

【原文】

冽彼下泉，浸彼苞稂。
忾我寤叹，念彼周京。①

冽彼下泉，浸彼苞萧。
忾我寤叹，念彼京周。②

冽彼下泉，浸彼苞蓍。
忾我寤叹，念彼京师。③

芃芃黍苗，阴雨膏之。
四国有王，郇伯劳之。④

蓍

【概意】

曹国百姓对周王室的怀念。

【注释】

①冽（liè）：寒冷。下泉：奔流而下的山泉。稂（láng）：童梁，对禾苗有害的草。忾（xì）：叹息。周京：指周朝的京师。

②萧：植物名，即艾蒿。

③蓍：蓍草，多年生草本植物。

④芃芃（péng）：茂盛。郇（xún）伯：郇国君，周文王之子，有治诸侯之功。

【译文】

冷冽啊流下来的泉水，浸泡着那丛生的稂草根。
醒来叹息又叹息，想念那周朝的京城。

冷冽啊流下来的泉水，浸泡着那丛生的艾蒿根。
醒来叹息又叹息，想念那周朝的京城。

冷冽啊流下来的泉水，浸泡着那丛生的蓍草根。
醒来叹息又叹息，想念那周朝的京城。

茂盛的黍苗长势旺，绵绵阴雨滋润它。
各诸侯之国有天子，郇伯来效仿他。

国风·豳风

豳同邠，古都邑名，是周族部落的发祥地，相当于今之陕西旬邑、彬县一带。

七月

【原文】

七月流火，九月授衣。
一之日觱发，二之日栗烈。
无衣无褐，何以卒岁？
三之日于耜，四之日举趾。
同我妇子，馌彼南亩，田畯至喜。①

桑

七月流火，九月授衣。
春日载阳，有鸣仓庚。
女执懿筐，遵彼微行，爰求柔桑。
春日迟迟，采蘩祁祁。
女心伤悲，殆及公子同归。②

七月流火，八月萑苇。
蚕月条桑，取彼斧斨，
以伐远扬，猗彼女桑。
七月鸣鵙，八月载绩。
载玄载黄，为公子裳。③

四月秀葽，五月鸣蜩。
八月其获，十月陨萚。
一之日于貉，取彼狐狸，为公子裘。
二之日其同，载缵武功。
言私其豵，献豜于公。④

蜩

五月斯螽动股，六月莎鸡振羽。
七月在野，八月在宇，
九月在户，十月蟋蟀入我床下。

穹窒熏鼠，塞向墐户。
嗟我妇子，曰为改岁，入此室处。⑤

六月食郁及薁，七月亨葵及菽。
八月剥枣，十月获稻。
为此春酒，以介眉寿。
七月食瓜，八月断壶。
九月叔苴，采荼薪樗，食我农夫。⑥

薁

樗

九月筑场圃，十月纳禾稼。
黍稷重穋，禾麻菽麦。
嗟我农夫，我稼既同，上入执公宫。
昼尔于茅，宵尔索绹。
亟其乘屋，其始播百谷。⑦

二之日凿冰冲冲，三之日纳于凌阴。
四之日其蚤，献羔祭韭。
九月肃霜，十月涤场。
朋酒斯飨，曰杀羔羊。
跻彼公堂，称彼兕觥，万寿无疆！⑧

黍稷

【概意】

农人一年四季的生活图景。

【注释】

①流火：火星在七月黄昏时偏离中天，自西而下。九月授衣：九月里分发寒衣。一之日：周历正月，夏历十一月。以下二之日，三之日，四之日，顺序类推。觱发（bì bo）：风寒。栗烈：凛冽。衣：长袍。褐：粗麻或毛布制短衣。卒岁：终岁，到年底。于耜（sì）：整修犁头。举趾：抬脚踏耜翻土，用腿力以耕地。馌（yè）：送饭食到田间。田畯（jùn）：管农事的管家。一说田神，即土地神。喜：酒食。一说农家拜祭田神，祈求保佑庄稼，飨以酒食。

②阳：温暖。仓庚：黄莺。懿筐：采桑用的深筐。微行：小路。迟迟：形容春日渐长。殆：怕。及：与。归：出嫁。

③萑（huán）苇：长成的芦苇。萑、苇，初生时称蒹、葭。条桑：修剪桑枝。斨（qiāng）：方孔的斧，方孔为斨。远扬：又长又高的桑枝。猗（yǐ）：牵引。鵙（jú）：鸟名，又名伯劳。载绩：纺麻。

④葽：草名，即远志。蜩（tiáo）：蝉。陨萚（tuò）：草木之叶陨落。于貉（hé）：猎貉。同：会集。缵：继续。武功：武事。一说田猎。豵（zōng）：小野猪。豜（jiàn）：大野猪。

⑤斯螽：一种鸣虫，用弹动腿股鸣叫。莎鸡：一种昆虫，即纺织娘。穹：穷，尽。窒：堵。向：北窗。墐（jín）：用泥涂抹。改岁：除岁。

⑥郁：郁李。一说山楂。薁（yù）：野葡萄。葵：一种蔬菜名。菽：豆

类。剥：打。介：乞求。眉寿：人老眉长，表示寿长。断壶：摘葫芦。叔：拾取。苴（jū）：麻子。荼（tú）：苦菜。樗（chū）：臭椿树。

⑦重穋：黍稷迟熟者曰重，早熟者曰穋。同：聚集。庄稼收成既毕，皆已入仓。上：同尚。公宫：公家安排下的各种劳役。绹（táo）：绳。亟：急。乘屋：翻盖田野棚屋。

⑧凌阴：冰窖。蚤：取。一说同早，早晨。肃霜：下霜。一说天肃爽。涤场：涤除场上杂物。朋酒：两樽酒。双樽为朋。跻（jī）：登上。称：举。兕觥（sì gōng）：古代盛酒或饮酒器。

【译文】

七月火星向西落，九月官家缝寒衣。
十一月冷风吹起，十二月寒气凛冽。
没有长袍和短袄，怎么过完这一年?
正月里修整农具，二月下地把田犁。
带着妻子和儿女，把送饭到南边地，田官看了心里喜。

七月火星向西落，九月官家缝寒衣。
春天太阳暖融融，黄鹂婉转声声啼。
姑娘拿着深筐，沿着小道走，伸手采摘嫩桑叶。
春天日子渐渐长，众人采摘白蒿忙。
姑娘怀着忧心事，怕要随人嫁他乡。

七月火星向西落，八月开始割芦苇。
蚕月修剪桑树枝，拿着锋利的斧头，
砍掉又高又长的枝条，拉着细枝摘嫩桑。
七月伯劳声声叫，八月开始把麻纺。
染上黑色和黄色，献给贵人做衣裳。

四月远志结籽，五月知了鸣叫。
八月收早稻，十月树叶掉落。
十一月上山打貉，猎取狐狸皮毛，送给贵人做皮袄。
十二月猎人会合，继续操练打猎的武功。

打到小猪归自己，猎到大猪献给公。

五月斯螽弹腿叫，六月纺织娘振双翅。
七月在田野里，八月在屋檐下。
九月在门内，十月蟋蟀钻进我床下。
堵塞漏洞熏老鼠，封好北窗糊窗缝。
唉，我的妻子和儿女，这年就快过去了，迁入这间屋里住。

六月吃李子和葡萄，七月煮葵和豆子。
八月打红枣，十月收晚稻。
酿成这批春酒美，为了祝求长寿。
七月吃瓜，八月割断葫芦。
九月拾麻子，采苦菜又砍柴，养活我们农夫。

九月修筑打谷场，十月收粮进库仓．
早熟晚熟的黍子高粱，禾麻豆麦全入仓。
感叹我们当农夫，庄稼刚刚收拾完，又要去做公家事。
白天割茅草，夜里搓绳索。
赶紧上房修好屋，开春还要种百谷。

十二月凿冰冲冲，正月搬进冰窖中。
二月取冰祭祖先，献上韭菜和羔羊。
九月降下霜，十月清扫打谷场。
两樽美酒聚宴飨，再把羊羔来宰杀。
登上公家的庙堂，举杯兕角觥，齐声高呼万寿无疆！

东山

【原文】

我徂东山，慆慆不归。我来自东，零雨其濛。
我东曰归，我心西悲。制彼裳衣，勿士行枚。

蜎蜎者蠋，烝在桑野。敦彼独宿，亦在车下。①

我徂东山，慆慆不归。我来自东，零雨其濛。
果赢之实，亦施于宇。伊威在室，蟏蛸在户。
町畽鹿场，熠燿宵行。不可畏也，伊可怀也。②

我徂东山，慆慆不归。我来自东，零雨其濛。
鹳鸣于垤，妇叹于室。洒扫穹窒，我征聿至。
有敦瓜苦，烝在栗薪。自我不见，于今三年。③

我徂东山，慆慆不归。我来自东，零雨其濛。
仓庚于飞，熠燿其羽。之子于归，皇驳其马。
亲结其缡，九十其仪。其新孔嘉，其旧如之何？④

伊威

【概意】

出征兵士还乡途中的所见所想，流露出其热切盼望回到家乡，开始新生活的心情。

【注释】

①徂（cú）：往。慆慆（tāo）：长久。濛：微雨。行枚：士兵行军口中衔枚，以防出声。蜎蜎（xuān）：蠕动的样子。蠋（zhú）：毛虫，一说野桑蚕。烝：乃。敦：蜷成一团。

②果蠃（luǒ）：又名瓜蒌，蔓生葫芦科植物。伊威：虫名，又名湿生虫。蟏蛸（xiāo shāo）：长腿蜘蛛。町畽（tǐng tuǎn）：田舍旁空地。熠（yì）燿：萤光。宵行：萤火虫。伊：是。

③鹳：白鹳，似鹤。垤（dié）：蚂蚁做窝堆在洞口的土堆。聿（yù）：语气助词。瓜苦：瓜瓠，葫芦。新婚时切开两半夫妻各执一瓢盛酒漱口。烝：众多。

④仓庚：鸟名，指黄鹂。皇：黄白相间。驳：红白相间。九十其仪：形容礼仪很多。孔：很。缡（lí）：古时女子的佩巾，出嫁时母亲为女儿结佩巾。

【译文】

自从我去东山，久久不能回家。如今我从东方回，零星小雨飘满天。
才说我要从东归，我心忧伤向西悲。缝制那件新衣裳，不再行军口衔枚。
毛虫缓缓慢蠕动，在那野外的桑林。缩成一团独自眠，独自睡在战车下。

自从我去东山，久久不能回家。如今我从东方回，零星小雨飘满天。
瓜蒌藤上结了瓜，藤蔓爬到屋檐下。屋内湿虫地上爬，蜘蛛结网当门挂。
野鹿在场田边留，萤火闪闪夜间行。家园荒凉不可怕，只是让我更想它。

自从我去东山，久久不能回家。如今我从东方回，零星小雨飘满天。
鹳鸟在蚁堆上叫，妇人屋里把气叹。洒扫房舍塞鼠洞，我呀就要到家了。
葫芦结了一大捧，撂上栗树柴堆上。旧物置闲我不见，算来到今已三年。

自从我去东山，久久不能回家。如今我从东方回，零星小雨飘满天。
春来黄莺到处飞，鲜亮毛羽闪光辉。那个姑娘要出嫁，迎亲马儿红透黄。
娘为女儿结佩巾，仪式繁缛多过场。新婚幸福多美好，久别重逢又怎样？

破斧

【原文】

既破我斧，又缺我斨。
周公东征，四国是皇。

哀我人斯，亦孔之将。[①]

既破我斧，又缺我锜。
周公东征，四国是吪。
哀我人斯，亦孔之嘉。[②]

既破我斧，又缺我銶。
周公东征，四国是遒。
哀我人斯，亦孔之休。[③]

【概意】

东征战士，历经苦战，庆幸自己能得以活着。

【注释】

①斨（qiāng）：斧柄方孔者叫斨。皇：匡正。孔：很，极其。将：大。

②锜（qí）：凿类。吪（é）：教化。

③銶（qiú）：独头斧。遒（qiú）：安定。

【译文】

我的斧头战破，我的方孔斧缺损。
周公率军去东征，四国叛乱被匡正。
可怜我们从军的人，活着回来就大幸。

我的斧子战破，我的凿已经残缺。
周公率军去东征，四国臣民被教化。
可怜我们从军的人，活着回来就最好。

我的斧子战破，我的凿已经残缺。
周公率军去东征，四国局势已安定。
可怜我们从军的，活着回来就能休整了。

伐柯

【原文】

伐柯如何，匪斧不克。
取妻如何，匪媒不得。①

伐柯伐柯，其则不远。
我觏之子，笾豆有践。②

【概意】

说明婚姻中媒人的作用。

【注释】

①柯：斧柄。

②则：法。觏：见。笾（biān）：古代祭祀和宴会时盛果品的竹篾食具。豆：古代盛肉或其他食品的木制器皿。践：行列。

【译文】

怎么去砍斧子柄，没有斧子砍不了。
怎么迎娶新妻子，没有媒人娶不成。

砍斧柄啊砍斧柄，这个法则近在前。
要想见那姑娘面，摆好食具设酒宴。

诗经（插图版）

小雅

“雅者，正也”，指朝廷正乐，西周王畿的乐调。雅分为大雅和小雅。小雅共74篇，除少数篇目可能是东周作品外，大部分都是西周晚期的作品。小雅的作者，既有上层贵族，也有下层贵族和地位低微者。

小雅·鹿鸣之什

鹿鸣

【原文】

呦呦鹿鸣，食野之苹。我有嘉宾，鼓瑟吹笙。
吹笙鼓簧，承筐是将。人之好我，示我周行。①

呦呦鹿鸣，食野之蒿。我有嘉宾，德音孔昭。
视民不恌，君子是则是傚。我有旨酒，嘉宾式燕以敖。②

呦呦鹿鸣，食野之芩。我有嘉宾，鼓瑟鼓琴。
鼓瑟鼓琴，和乐且湛。我有旨酒，以宴乐嘉宾之心。③

鹿

【概意】

大宴群臣宾客的诗篇。

【注释】

①呦呦（yōu）：鹿鸣声。鹿得美食，呼群共享。苹：皤蒿，艾蒿。簧：乐器中用以发声的振动器。承筐是将：古代用筐盛币帛送宾客。将：送。示我周行：指我大道。

②德音：美好的品德名声。孔：很。昭：明显。视：示。恌（tiāo）：轻佻，言行不庄重。则：准则。傚：仿效，楷模。式：语辞。燕：同宴，宴飨。敖：遨游，游乐。

③芩（qín）：蒿类植物。一说水芹。湛（dān）：沉醉。宴：安。

【译文】

野鹿呦呦不停叫，聚在野外吃艾蒿。我有美好的宾客，弹瑟吹笙奏乐调。吹笙鼓簧奏乐调，币帛满筐送上来。大家待我很友善，为我指点大路行。

野鹿呦呦不停叫，聚在野外吃蒿草。我有美好的宾客，品德高尚盛名显。为人榜样不轻佻，君子纷纷来仿效。我备美酒，宾客宴饮乐逍遥。

野鹿呦呦不停叫，聚在野外吃蒿草。我有美好的宾客，弹瑟奏琴奏乐调。弹瑟奏琴奏乐调，融洽欢欣且尽兴。我备美酒，宴乐宾客乐其心。

常棣

【原文】

常棣之华，鄂不韡韡。
凡今之人，莫如兄弟。①

死丧之威，兄弟孔怀。
原隰裒矣，兄弟求矣。②

脊令在原，兄弟急难。
每有良朋，况也永叹。③

兄弟阋于墙，外御其务。
每有良朋，烝也无戎。④

丧乱既平，既安且宁。
虽有兄弟，不如友生。⑤

傧尔笾豆，饮酒之饫。
兄弟既具，和乐且孺。⑥

妻子好合，如鼓琴瑟。
兄弟既翕，和乐且湛。⑦

宜尔家室，乐尔妻帑。
是究是图，亶其然乎！⑧

常棣

【概意】

亲人兄弟齐聚一堂，欢乐饮宴，感慨兄弟之间的深厚情意。

【注释】

①常棣：即郁李。华：花。鄂：花萼。不：萼片下面的杯状花托。韡韡（wěi）：光明的样子。

②威：畏。孔怀：非常挂念。原：平原。隰：低地、湿地。裒（póu）：聚集。

③脊令：同鹡鸰，鸟类名。头黑额白，背黑腹白，尾长，此鸟只在河畔觅食。脊令在原，今鹡鸰在平原，失其常处，比兄弟有急难。况：发语词。

④阋（xì）：恨，斗殴。墙：院墙之内。务：侮。烝：乃，就是。戎：相助。

⑤友生：友人。

⑥傧：陈设，摆出。笾：古代用竹编成的食器。豆：盛肉的高脚盘。饫（yù）：满足。孺：相亲，亲爱。

⑦好合：志趣相投。翕（xī）：合，聚。湛（zhàn）：深厚。

⑧孥（nú）：儿女。究：深思。图：谋划。亶（dǎn）：诚然；信然。

【译文】

郁李树上花朵朵，花萼灼灼放光华。
凡是如今天下人，相亲莫胜亲兄弟。

生死丧葬的威胁，只有兄弟最关心。
平原洼地埋枯骨，兄弟也会来相寻。

鹡鸰飞落原野上，兄弟相救急难中。
虽有也有好朋友，只会让人更长叹。

兄弟在家相争吵，在外共同抗外侮。
虽有也有好朋友，总是没有来帮助。

死丧祸乱平息后，日子安稳又宁静。
虽有亲兄弟，相亲反而不如友。

摆好碗盏和杯盘，饮酒吃饭且尽兴。

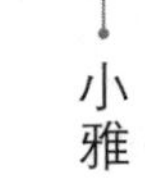

兄弟亲人全团聚，融洽和乐相亲近。

妻子情投又意合，好像琴瑟声和谐。
兄弟亲人相团聚，融洽和睦情深厚。

管理好你的家庭，让妻子儿女乐陶陶。
深思熟虑认真想，确实道理是这样。

天保

【原文】

天保定尔，亦孔之固。
俾尔单厚，何福不除？
俾尔多益，以莫不庶。①

天保定尔，俾尔戬穀。
罄无不宜，受天百禄。
降尔遐福，维日不足。②

天保定尔，以莫不兴。
如山如阜，如冈如陵，
如川之方至，以莫不增。③

吉蠲为饎，是用孝享。
禴祠烝尝，于公先王。
君曰卜尔，万寿无疆。④

神之吊矣，诒尔多福。
民之质矣，日用饮食。
群黎百姓，遍为尔德。⑤

如月之恒，如日之升。
如南山之寿，不骞不崩。
如松柏之茂，无不尔或承。⑥

【概意】

群臣祝福周王室的诗。

【注释】

①保：安。单厚：尽厚。除：给予，赐。庶：众，富。

②戬（jiǎn）：福。穀：禄，善。罄：尽。遐：远。维：唯恐。

③阜（fù）：土山。

④蠲（juān）：通涓，清洁。饎（xī）：酒食。孝享：献祭。禴（yuè）：夏祭。祠：春祭。烝：冬祭。尝：秋祭。于公先王：于先公先王。

⑤吊：至。诒：送给。质：质朴。为：感化。

⑥恒（gèng）：月上弦。骞（qiān）：亏损。崩：毁坏。

【译文】

上天庇佑安定你，也把稳固赐给你。
给你待遇尽宽厚，哪种福气不给你？
降你多多益处，没有什么不富庶。

上天庇佑安定你，使你得到福与禄。
一切没有不如愿，接受天赐的百禄。
降给你远福，唯恐每日有不足。

上天庇佑安定你，没有什么不兴旺。
像高山像土山那样，像山冈像山陵那样。
像潮水正在涌来，没有什么不增加。

吉日沐浴备酒食，将它祭给上天享。
春夏秋冬都祭祀，祭祀先公和先王。
先公先王祝福你，祝你万代无尽时。

神灵受祭降下土，赏赐给你多种福。
人民纯朴又善良，有吃有穿真高兴。
所有黎民和百官，受你感化有德行。

祝你像上弦月渐满，像太阳正东升。
像南山寿无穷，不会亏损和崩坏。
像松柏长茂盛，没有不可你继承。

采薇

【原文】

采薇采薇，薇亦作止。曰归曰归，岁亦莫止。
靡室靡家，猃狁之故。不遑启居，猃狁之故。①

采薇采薇，薇亦柔止。曰归曰归，心亦忧止。
忧心烈烈，载饥载渴。我戍未定，靡使归聘。②

采薇采薇，薇亦刚止。曰归曰归，岁亦阳止。
王事靡盬，不遑启处。忧心孔疚，我行不来。③
彼尔维何？维常之华。彼路斯何？君子之车。
戎车既驾，四牡业业。岂敢定居？一月三捷。④

驾彼四牡，四牡骙骙。君子所依，小人所腓。
四牡翼翼，象弭鱼服。岂不日戒？猃狁孔棘。⑤

昔我往矣，杨柳依依。今我来思，雨雪霏霏。
行道迟迟，载饥载渴。我心伤悲，莫知我哀。⑥

【概意】

出征的战士，终于得以归家。

【注释】

①薇：野豌豆。一说紫云英，农田绿肥作物。可供采食，江南人叫草头。作：初生。止：语气助词。莫：暮，将尽之时。靡：没有。猃狁（xiǎn yǔn）：我国古代民族名。春秋时被称戎狄，秦汉时为匈奴，隋唐时为突厥。遑：闲暇。启：通跽，席地跪坐。

②柔：嫩。烈：火旺的样子，形容忧心如焚。戍：戍边守卫。聘：问，问候。

③刚：坚硬。阳：阴历四月以后，一说阴历十月。王事：公事，指战事。盬（gǔ）：指战局不稳定。疚：病，痛苦。不来：不归，不能回家。

④尔：通苶，花盛开。常：常棣。路：大车。戎车：战车。业业：马强壮的样子。

⑤骙骙（kuí）：马强壮的样子。腓（féi）：庇，掩护。翼翼：娴熟，指马训练有素。一说小心翼翼。弭（mǐ）：弓末的弯曲处，以骨为之。鱼服：鲨鱼皮制的箭袋。棘：急。

⑥往：出征。依依：柳条随风飘拂的样子。雨（yù）：下。霏霏：雪花纷纷飘落的样子。迟迟：路上泥泞难行。

【译文】

采薇菜啊采薇菜，薇菜刚刚长出来。说回家啊说回家，一年又快过完了。
没有妻室没有家，都是因为猃狁故。不能安坐与安居，都是因为猃狁故。

采薇菜啊采薇菜，薇菜新叶正柔嫩。说回家啊说回家，心里忧愁又烦闷。
心中忧愁像火烧，又饥又渴真难熬。我的戍边没定处，无法托人捎家书。

采薇菜啊采薇菜，薇菜已经长老了。说回家啊说回家，年到十月不等待。
战事仍然没止息，没有空闲歇下来。心中忧愁积成病，我们这队仍不能归。那个艳丽的是什么花？棠棣花。那个又高又大的是谁的车？将军的车。
兵车已经驾好了，四匹雄马真强壮。哪敢安定居处？一月之内仗不停。

驾着拉车的四雄马，四匹雄马强壮。将帅乘车作指挥，兵士用它作屏障。
四匹雄马排整齐，带上鱼皮箭袋。怎不天天严防范，猃狁侵扰情势急。

当初离家出征时，杨柳低垂轻摇曳。如今战罢回家来，雨雪纷纷落下。
行路艰难走得慢，又是饥饿又是渴。我的心中多伤悲，没人知道我悲哀。

出车

【原文】

我出我车，于彼牧矣。自天子所，谓我来兮。
召彼仆夫，谓之载矣。王事多难，维其棘矣。①

我出我车，于彼郊矣。设此旐矣，建彼旄矣。
彼旟旐斯，胡不旆旆？忧心悄悄，仆夫况瘁。②

王命南仲，往城于方。出车彭彭，旂旐央央。
天子命我，城彼朔方。赫赫南仲，玁狁于襄。③

昔我往矣，黍稷方华。今我来思，雨雪载涂。
王事多难，不遑启居。岂不怀归？畏此简书。④

喓喓草虫，趯趯阜螽。未见君子，忧心忡忡。
既见君子，我心则降。赫赫南仲，薄伐西戎。⑤

春日迟迟，卉木萋萋。仓庚喈喈，采蘩祁祁。
执讯获丑，薄言还归。赫赫南仲，玁狁于夷。⑥

蘩

【概意】

南仲帅军出征猃狁，告捷归还。

【注释】

①牧：城郊以外的地方。

②旐（zhào）：画着龟蛇的旗。建：竖起。旄（máo）：旗杆上装饰有牦牛尾的旗。旟（yú）：画有鸟隼的旗。旆旆（pèi）：旗帜飘扬的样子。况：憔悴。

③南仲：宣王时将领。彭彭：车马众多。旂（qí）：绘有蛟龙图案的旗帜，上有铃。央央：鲜明。赫赫：威仪显赫的样子。襄：除。

④简书：写在竹简上的军书。一说盟书。

⑤喓喓：昆虫的叫声。趯（tì）：跳跃。阜螽（zhōng）：蚱蜢。

⑥祁祁：舒迟。执讯：捉敌讯问。获丑：杀敌割左耳。还：通旋，凯旋。夷：扫平。

【译文】

兵车派遣完毕，待命在城郊牧地。我从天子处，受命来此地。
召集驾车的壮士，让他们驾车前驱。国家多事多难，战事十万火急。

兵车派遣完毕，待命在城郊牧地。插上龟蛇大旗，举起干旄旗帜。
鹘旗龟旗交错，何不迎风招展？内心暗地忧愁，士兵行军辛劳。

周王传令南仲，前往北方筑城。出发兵马浩荡，旗帜飘动鲜明。
周王传令给我，筑城在那朔方。威严的南仲将军，扫荡玁狁固国防。

先前离开之时，麦苗青青正开花。今日凯旋归来，大雪纷纷满路途。
国家多灾多难，没有闲暇安居。难道我不想回去？担忧这紧急的军书。

草虫喓喓地叫，蚱蜢蹦蹦地跳。没有看见君子人，心中不安怦怦跳。
已经见到君子人，心中安稳有着落。威风凛凛的南仲，将那西戎打跑。

春日太阳缓缓过，花木生长正青葱。黄鹂喈喈在歌唱，众人采蒿真热闹。
捉敌审讯或割耳，凯旋回师正当时。威风凛凛的南仲，玁狁全被他驱除。

鱼丽

【原文】

鱼丽于罶，鲿鲨。君子有酒，旨且多。①
鱼丽于罶，鲂鳢。君子有酒，多且旨。②
鱼丽于罶，鰋鲤。君子有酒，旨且有。③
物其多矣，维其嘉矣。④
物其旨矣，维其偕矣。⑤
物其有矣，维其时矣。⑥

鲿

【概意】

周代贵族宴饮宾客之乐歌，赞美食物丰盛齐备。

【注释】

①丽（lí）：通罹，遭遇，落入。罶（liǔ）：竹篓，竹制的捕鱼工具。在河中磊石头拦鱼，篓放石中，鱼进去就不能出。鲿（cháng）：黄颊鱼，较大。鲨（shā）：吹沙鱼。

②鲂（fáng）：鳊鱼，银灰色，腹部隆起，细鳞身阔。鳢（lǐ）：也称黑鱼。

③鰋（yǎn）：鲇鱼。鲤：鲤鱼。有：多。

④物其多矣：物多齐全。

⑤偕：齐全。

⑥时：善。一说适时。

【译文】

鱼儿钻进捕鱼篓，鲿鱼鲨鱼全都有。君子备酒来招待，美味甘醇又丰足。

鱼儿钻进捕鱼篓，鲂鱼鳢鱼全都有。君子备酒来招待，美味富足又甘醇。

鱼儿钻进捕鱼篓，鰋鱼鲤鱼全都有。君子备酒来招待，美味醇美样样有。

食物应有尽有啊，全是美味佳肴啊。

食物应有尽有啊，品种真是齐全啊。

食物应有尽有啊，全部都是时鲜啊。

小雅·南有嘉鱼之什

南有嘉鱼

【原文】

南有嘉鱼，烝然罩罩。
君子有酒，嘉宾式燕以乐。①

南有嘉鱼，烝然汕汕。
君子有酒，嘉宾式燕以衎。②

南有樛木，甘瓠累之。
君子有酒，嘉宾式燕绥之。③

翩翩者雏，烝然来思。
君子有酒，嘉宾式燕又思。④

瓠

【概意】

宾主宴饮的诗，极尽祝颂之能事，敬祝宾客万寿无疆。

【注释】

①烝：众多。罩罩：游鱼摇尾的样子。一说用很多罩子来捉鱼。式：语气助词。燕：同宴。

②汕汕（shàn）：鱼游水的样子。一说用很多抄网来捕鱼。衎（kàn）：快乐。

③樛（jiū）木：向下弯曲的树。瓠（hù）：葫芦。累：缠绕。绥：安。

④鵻（zhuī）：鸟名，即鹁鸠，也叫鹁鸪，下雨前或初晴时常在树上咕咕地叫。思：句尾助词。又：通侑，劝酒。

【译文】

南方鱼儿美，群游鱼尾摇。
君子有好酒，宴饮嘉宾乐悠悠。

南方鱼儿美，群游随水流。
君子有好酒，宴饮嘉宾乐融融。

南方树弯弯，甜葫芦藤紧相缠。

君子有好酒，宴饮嘉宾乐安好。

鹁鸠飞翩翩，群飞这边来。
君子有好酒，宴饮嘉宾频相劝。

湛露

【原文】

湛湛露斯，匪阳不晞。
厌厌夜饮，不醉无归。①

湛湛露斯，在彼丰草。
厌厌夜饮，在宗载考。②

湛湛露斯，在彼杞棘。
显允君子，莫不令德。③

其桐其椅，其实离离。
岂弟君子，莫不令仪。④

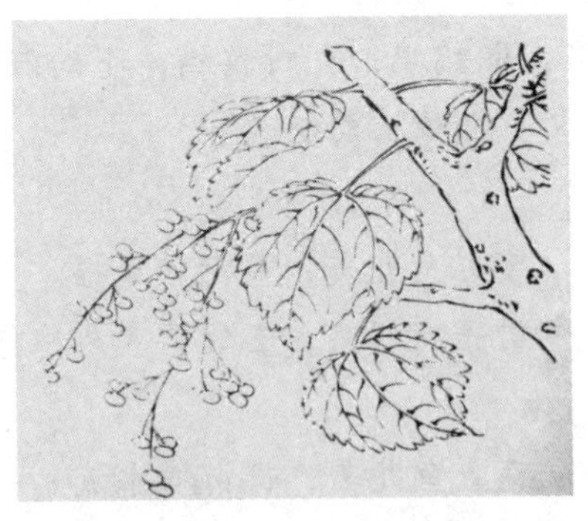

椅

【概意】

贵族们夜宴晚归，尽情饮乐，互相赞扬。

【注释】

①湛湛（zhàn）：露水多的样子。晞（xī）：干。厌厌：和悦满足的样子。

②宗：宗庙。考：完成。指宴饮之礼。一说同孝。

③杞棘：枸杞和酸枣。显：光明。允：诚信。令：美好。

④椅（yī）：类似桐树。离离：下垂的样子。

岂弟（kǎi tì）：同恺悌，和易近人。仪：仪容。

【译文】

浓重的露水呀，不见朝阳不蒸发。
和乐的夜饮呀，不醉不归家。

浓重的露水呀，沾在那丰茂的草上。
和乐的夜饮呀，宗庙里洋溢着宴饮之礼。

浓重的夜露呀，沾在那枸杞酸枣上。
坦荡诚信的君子，无不德行美好。

那梧桐和山桐，果实累累垂下来。
平易近人的君子，无不风度优雅。

彤弓

【原文】

彤弓弨兮，受言藏兮。
我有嘉宾，中心贶之。
钟鼓既设，一朝飨之。①

彤弓弨兮，受言载兮。
我有嘉宾，中心喜之。
钟鼓既设，一朝右之。②

彤弓弨兮，受言櫜之。

我有嘉宾，中心好之。
钟鼓既设，一朝酬之。③

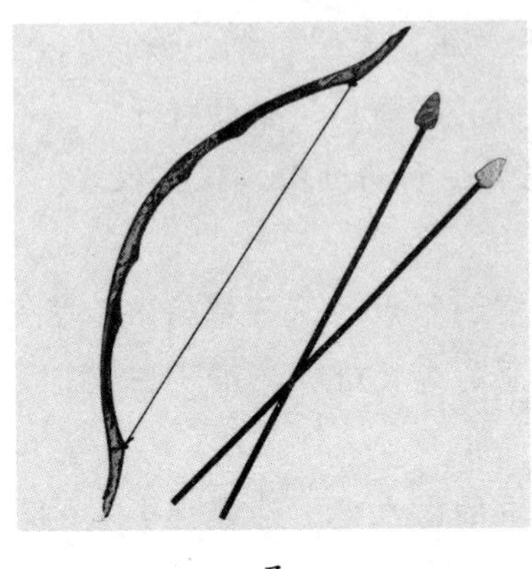

弓

【概意】

君主赏赐诸侯彤弓，并设宴招待他们。

【注释】

①彤弓：朱红的弓。弨（chāo）：放松。贶（kuàng）：爱戴。飨（xiǎng）：用酒食款待人。

②载：装载。右：通侑，劝酒。

③櫜（gāo）：隐藏。酬（chóu）：劝酒。

【译文】

朱红雕弓弦松弛，赐予功臣庙中藏。
我有这些好宾客，喜爱他们在心上。
钟鼓乐器陈列好，一朝设宴款待他。

朱红雕弓弦松弛，赐予功臣家中收。
我有这些好宾客，喜欢他们在心上。
钟鼓乐器陈列好，一朝摆酒款待他。

红漆雕弓弦松弛，赐予功臣插袋里。
我有这些好宾客，喜好他们在心上。
钟鼓乐器陈列好，一朝劝酒款待他。

采芑

【原文】

薄言采芑，于彼新田。于此菑亩，方叔莅止。其车三千，师干之试。方叔率止，乘其四骐。四骐翼翼，路车有奭。簟茀鱼服，钩膺鞗革。①

薄言采芑，于彼新田。于此中乡，方叔莅止。其车三千，旂旐中央。方叔率止，约軧错衡。八鸾玱玱，服其命服。朱芾斯皇，有玱葱珩。②

鴥彼飞隼，其飞戾天，亦集爰止，方叔莅止。其车三千，师干之试。方叔率止，钲人伐鼓。陈师鞠旅，显允方叔。伐鼓渊渊，振旅阗阗。③

蠢尔蛮荆，大邦为仇。方叔元老，克壮其猷。方叔率止，执讯获丑。戎车啴啴，啴啴焞焞。如霆如雷，显允方叔。征伐猃狁，蛮荆来威。④

隼

【概意】

赞美周宣王卿士、大将方叔率军出征，克敌制胜。

【注释】

①芑（qǐ）：苦菜。新田：开垦两年的田地。菑（zī）：开垦一年的田地。

方叔：周宣王时的大将。其车三千：三千辆兵车，一说非实数，夸张说法，以壮军威。师干之试：士卒皆有佐师捍敌之用。骐：青黑色的马。翼翼：有次序的样子。奭（shì）：红色。簟茀（diàn fú）：用竹席遮蔽车窗。簟，席子。鱼服：以鲛鱼皮为箭囊。钩膺：马胸腹上的带饰。膺，马带。

②乡：开垦一年新田。旂（qí）：绘有蛟龙图案的旗帜，上有铃。旐（zhào）：画着龟蛇的旗。约軝（qí）错衡：用皮革缠束车毂，再连车上的横木。八鸾：马口旁有两鸾，四马就有八鸾。玱玱（qiāng）：象声词，金玉撞击的声音。服：传。命服：礼服。芾（fú）：皮制的护膝，类似围裙。有玱：即玱玱，金玉撞击声。葱珩（héng）：翠绿色的佩玉。

③鴥（yù）：鸟快速飞的样子。隼（sǔn）：鹰类猛禽。戾：至，到。钲：古时号令士众进退的一种乐器。钲人：掌管敲钲敲鼓的官吏。陈师：整列队伍。鞠旅：告戒士众。允：语气助词。渊渊：鼓声。振旅：一说休整军队；一说停止操练军队。阗阗（tián）：击鼓声。

④蠢：不恭。克：能。壮：广大。猷：谋。执讯：捉住审讯。丑：俘虏。啴啴（tān）：众多。焞焞（tūn）：车马众多的样子。一说朱红的车子闪闪发光。霆：打雷。威：威服，以威服人。

【译文】

采呀采呀采苦菜，从那边的新田里，采到这边菑田边。大将方叔要来这，战车就有三千辆，士兵舞盾操练忙。方叔率领亲来到，乘着四马的战车。四马齐顺序相连。大车红漆鲜艳艳，竹席窗帘鱼皮袋，牛皮带饰与马胸腹相连。

采呀采呀采苦菜，从那边的新田里，采到这边的乡田旁。大将方叔要来这，战车就有三千辆，龙蛇旗子竖中央。方叔统帅亲来到，车毂与横木相连，八个马铃响叮当。朝廷礼服身上穿，红色蔽膝亮堂堂，绿色佩玉叮当响。

鹰隼展翅疾飞翔，迅猛直上抵云天，飞下停留栖树上。大将方叔要来这，战车就有三千辆，士卒舞盾操练忙。方叔统帅亲来到，鼓师击鼓传号令，整顿军队军容壮。威风赫赫的方叔，击鼓操练声阗阗，布兵摆阵气势壮。

愚蠢无知南蛮荆，和我大国结仇怨。方叔元老了不起，能够施展智谋略。方叔统帅亲来到，捉敌询问降俘虏。兵车行进隆隆响，隆隆车声不间断，好似雷霆响彻天。威风凛凛的方叔，曾伐玁狁在北边，也能以威服蛮荆。

小雅·鸿雁之什

鸿雁

【原文】

鸿雁于飞，肃肃其羽。
之子于征，劬劳于野。
爰及矜人，哀此鳏寡。①

鸿雁于飞，集于中泽。
之子于垣，百堵皆作。
虽则劬劳，其究安宅。②

鸿雁于飞，哀鸣嗷嗷。
维此哲人，谓我劬劳。
维彼愚人，谓我宣骄。③

鸿雁

【概意】

百姓辛劳服役，却没有安身之所，抒发内心不平。

【注释】

①肃肃：鸟飞时振动翅膀的声音。之子：指服劳役的人。劬劳：勤劳辛苦。爰：语气助词。矜人：可怜人，穷苦人。鳏（guān）：老而无妻。寡：老而无夫。

②垣：筑墙。堵：墙壁。一丈为板，五板为堵。作：筑起。究：终究。宅：居住。

③哲人：智者，聪明人。宣骄：逞强。

【译文】

鸿雁翩翩空中飞，扇动翅膀簌簌响。
那人离家出远门，野外奔波苦尽尝。
可怜都是穷苦人，鳏寡孤独心悲伤。

鸿雁翩翩空中飞，聚在沼泽的中央。
那人筑墙服苦役，先后筑起百堵墙。
虽然辛苦又劳累，最终不知哪安身。

鸿雁翩翩空中飞，阵阵哀鸣声嗷嗷。
只有那些明白人，知我作歌叹辛劳。
然而那些糊涂虫，说我闲暇发牢骚。

庭燎

【原文】

夜如何其？夜未央，庭燎之光。
君子至止，鸾声将将。①

夜如何其？夜未艾，庭燎晣晣。
君子至止，鸾声哕哕。②

夜如何其？夜乡晨，庭燎有辉。

君子至止，言观其旂。③

鸾

【概意】

赞美周宣王勤于政事。

【注释】

①其：语气助词。夜未央：夜未尽。庭燎：庭中用以照明的火炬大烛。君子：指诸侯。鸾：铃。将将：铃响的声音。

②艾：止，尽。晣晣（zhé）：光明。哕哕（huì）：有节奏的铃声。

③乡：同向。旂：上画蛟龙，竿顶有铃的旗。

【译文】

夜怎么样了？半夜不到天亮，庭中火炬熊熊闪光。

早朝诸侯来到了，旗上銮铃叮当作响。

夜怎么样了？黎明之前夜色未尽，庭中火炬一片通明。

早朝诸侯来到了，旗上銮铃叮当齐鸣。

夜怎么样了？夜色消退将近清晨，庭中火炬光芒渐昏。

早朝诸侯来到了，抬头同看旗上龙纹。

鹤鸣

【原文】

鹤鸣于九皋，声闻于野。鱼潜在渊，或在于渚。
乐彼之园，爰有树檀，其下维萚。它山之石，可以为错。①

鹤鸣于九皋，声闻于天。鱼在于渚，或潜在渊。
乐彼之园，爰有树檀，其下维榖。它山之石，可以攻玉。②

鹤

【概意】

讽刺周王朝最高统治者应该访求隐居山野的贤才。

【注释】

①九皋：皋，沼泽。九皋，九折泽沼泽中的水溢出为一折，九折形容极远。萚（tuò）：草木脱落的皮叶。错：砺石，用来琢玉的石。

②榖：木名，即楮树，皮可用来造纸。

【译文】

仙鹤鸣叫在远处，声音远传四野外。游鱼深深潜在渊，有时浮到渚边停。在那园中真快乐，园里种有高檀树，下面落满枯树叶。别的山上有佳石，可以用作磨刀石。

仙鹤鸣叫在远处，声音远传四野外。游鱼浅浅浮岸渚，有时潜入深渊潭。在那园中真快乐，檀树高高枝叶密，下面楮树矮又细。别的山上有佳石，可以用来琢玉器。

黄鸟

【原文】

黄鸟黄鸟，无集于穀，无啄我粟。
此邦之人，不我肯穀。
言旋言归，复我邦族。①

黄鸟黄鸟，无集于桑，无啄我粱。
此邦之人，莫可与明。
言旋言归，复我诸兄。②

黄鸟黄鸟，无集于栩，无啄我黍。
此邦之人，不可于处。
言旋言归，复我诸父。③

栩

【概意】

客居他乡，受到冷遇而思念回到家乡。

【注释】

①黄鸟：黄雀。榖：木名，即楮树，皮可制纸。榖（gǔ）：善，友好。言：语气助词。旋：通还，回归。复：回返。

②明（méng）：通盟，讲信用。

③栩（xǔ）：柞树。

【译文】

黄鸟呀黄鸟，不要聚在楮树上，别把我的粟啄光。
这个侯国的人，不肯好好对待我。
转身回到老家去，回到亲爱的宗族里。

黄鸟呀黄鸟，不要停在桑枝上，不要啄我高粱米。
这个侯国的人，不可与其讲诚意。
转身回到老家去，与我兄弟在一起。

黄鸟呀黄鸟，不要落在柞树上，别把我的黍啄光。
这个侯国的人，不可与其长相处。
转身回到老家去，回到我的父辈旁。

我行其野

【原文】

我行其野，蔽芾其樗。
昏姻之故，言就尔居。
尔不我畜，复我邦家。①

我行其野，言采其蓫。
昏姻之故，言就尔宿。
尔不我畜，言归斯复。②

我行其野，言采其葍。
不思旧姻，求尔新特。
成不以富，亦祇以异。③

蓫

【概意】

女子远嫁他乡却被遗弃。

【注释】

①蔽芾（fèi）：枝叶茂盛的样子。一说幼小的样子。樗（chū）：臭椿树。畜：养。一说好。

②蓫（zhú）：草名，羊蹄菜。

③葍（fú）：一种多年生蔓草，地下茎可食。新特：新配偶。成：诚，的确。

【译文】

我在野地里走，臭椿枝叶正婆娑。
因为婚姻的缘故，才来与你同生活。
你不好好来待我，我就回到我国家。

我在野地里走，采摘羊蹄菜充饥。
因为婚姻的缘故，日夜与你同住宿。
你不好好地待我，我回乡后不再来。

我在野地里走，采摘葍根来充饥。
不念结发的妻子，却把新偶去找寻。
实在不因她富有，恰是你已经变心。

无羊

【原文】

谁谓尔无羊？三百维群。谁谓尔无牛？九十其犉。
尔羊来思，其角濈濈。尔牛来思，其耳湿湿。①

或降于阿，或饮于池，或寝或讹。
尔牧来思，何蓑何笠，或负其𩞄。
三十维物，尔牲则具。②

尔牧来思，以薪以蒸，以雌以雄。
尔羊来思，矜矜兢兢，不骞不崩。
麾之以肱，毕来既升。③

牧人乃梦，众维鱼矣，旐维旟矣。
大人占之，众维鱼矣，实维丰年。
旐维旟矣，室家溱溱。④

羊

【概意】

描写畜牧兴旺，牛羊繁盛。

【注释】

①犉（rún）：牛七尺为犉，这里指大牛。濈濈（jí）：聚集在一起的样子。湿湿（qì）：牲畜耳朵摇动的样子。

②讹：动。何：同荷，戴着。蓑（suō）：草制的雨衣。餱（hóu）：干粮。物：毛色。牲：牺牲，用来祭祀的牲畜。具：具备。

③以：取。蒸：蒸为细柴，薪为粗柴。雌、雄：指猎取飞鸟。矜矜、兢兢：紧张的样子。骞：亏，损失。崩：散乱。麾：挥。肱：手臂。毕：全。既：尽。升：登。

④众：通螽，蝗虫。古人以为蝗虫可以化为鱼。风调雨顺则为鱼，干旱则化为蝗虫。旐（zhào）：画龟蛇的旗。旟(yú)：画鸟隼的旗。溱溱（zhēn）：众多的样子。

【译文】

谁说你没有羊群？一群就有三百只。谁说你没有牛？七尺大牛有九十头。
你的羊群到来时，只见羊角挤一起。你的牛群到来时，只见牛耳摆又摆。

有的奔跑下高丘，有的喝水在池边，有的睡着有的动。
你到这里来放牧，披着蓑衣戴斗笠，有时背着干粮饼。
牛羊毛色三十种，挑选牺牲也足够。

你到这里来放牧，边砍粗柴与细柴，边猎雌鸟与雄鸟。
你的羊群到来时，羊儿好好紧随行，不走失也不散群。
只要轻轻一挥手，全都过来进羊圈。

牧人于是做个梦，梦里蝗虫变鱼，龟蛇旗子变鹈旗。
请来太卜把梦占，蝗虫化鱼是吉兆，预示来年丰收庆。
龟蛇变鹰征兆好，预示家族人丁旺。

小雅·节南山之什

正月

【原文】

正月繁霜，我心忧伤。民之讹言，亦孔之将。
念我独兮，忧心京京。哀我小心，癙忧以痒。①

父母生我，胡俾我瘉？不自我先，不自我后。
好言自口，莠言自口。忧心愈愈，是以有侮。②

忧心惸惸，念我无禄。民之无辜，并其臣仆。
哀我人斯，于何从禄？瞻乌爰止，于谁之屋？③

瞻彼中林，侯薪侯蒸。民今方殆，视天梦梦。
既克有定，靡人弗胜。有皇上帝，伊谁云憎？④

谓山盖卑？为岗为陵。民之讹言，宁莫之惩。
召彼故老，讯之占梦，具曰予圣，谁知乌之雌雄？⑤

谓天盖高？不敢不局。谓地盖厚？不敢不蹐。
维号斯言，有伦有脊。哀今之人，胡为虺蜴？⑥

瞻彼阪田，有菀其特。天之抏我，如不我克。

彼求我则，如不我得，执我仇仇，亦不我力。[7]

心之忧矣，如或结之。今兹之正，胡然厉矣？
燎之方扬，宁或灭之。赫赫宗周，褒姒灭之！[8]

终其永怀，又窘阴雨。其车既载，乃弃尔辅。
载输尔载，将伯助予。[9]

无弃尔辅，员于尔辐。屡顾尔仆，不输尔载。
终逾绝险，曾是不意。[10]

鱼在于沼，亦匪克乐。潜虽伏矣，亦孔之炤。
忧心惨惨，念国之为虐。[11]

彼有旨酒，又有嘉殽。洽比其邻，昏姻孔云。
念我独兮，忧心慇慇。[12]

佌佌彼有屋，蔌蔌方有穀。民今之无禄，天夭是椓。
哿矣富人，哀此惸独！[13]

虺

蜴

【概意】

讽刺周幽王宠爱褒姒，朝中小人当道，暴政频施，以致国家危亡。

【注释】

①正月：夏历四月。繁霜：下了很多霜。四月下霜，时令失常，古人认为是灾祸将至的征兆。讹言：谣言。孔：很。将：大。京京：忧愁不止。癙（shǔ）忧：极忧。痒（yǎng）：病。

②瘉：病。莠言：恶言。愈愈：忧惧的样子。

③惸惸（qióng）：忧念的样子。无禄：不幸。并：使。臣仆：奴仆。瞻乌爰止，于谁之屋：古时相传，乌鸦集于富人之屋，比喻全国人民已十分贫困，看乌鸦能落在谁的屋上，形容周家天命将坠。

④中林：林中。侯薪侯蒸：林中虽有大木，但所处只有粗柴细柴，比喻朝中只有奸邪小人。梦梦：昏聩的样子。定：定乱。皇：君。上帝：指君王。伊：是。憎：恨。

⑤盖：同盍，何。

⑥局：曲。弯着身子。蹐：小步。伦：道。脊：同迹。虺蜴：毒蛇与蜥蜴，古人认为蜥蜴也是毒虫。

⑦阪（bǎn）田：山坡上的田。菀（wǎn）：茂盛的样子。特：特出之苗。扤（wù）：动，摇。则：句尾语气助词。仇仇：傲慢的样子。不我力：不用我。

⑧正：执政者。宗周：镐京，指西周王朝。褒姒：褒国之女，周幽王后。

⑨终：既，已。辅：车两侧的挡板。输：丢掉。将：请。伯：长者。

⑩员：增加，加固。曾：竟然。不意：不留意。

⑪炤：明显。惨惨：忧郁的样子。

⑫洽：和谐。邻：亲近的人。云：周旋。慇慇：悲伤。

⑬佌佌（cǐ）：小，地位低微。蔌蔌（sù）：鄙陋。穀：俸禄。夭：摧残。椓：以斧劈柴，比喻沉重打击。哿（gě）：表称许之词。

【译文】

四月里来繁霜降，我的心里很忧伤。民间谣言四起，很是猖狂。

想我孤独一人啊，心中惊恐难消歇。可怜担惊受怕，多忧成疾病。

父母生我来世上，为何使我遭祸殃？祸殃不前也不后，就我偏偏正当时。

好话全从嘴里说，坏话也由口中讲。忧心忡忡不合时，因此受辱遭中伤。

忧心忡忡不断绝，想我本来无俸禄。平民百姓无罪过，也受牵连成奴仆。
可悲我这个人，利禄功名哪里求？看那乌鸦将停息，飞落谁家屋檐上？

远远看那树林中，只有粗柴与细柴。百姓正在危难中，上天昏昏也不晓。
既然天命已确定，没人能够取胜。高高在上的君王，究竟应该憎恨谁？

人说山丘那么低，实为高峰峻岭。民间谣言四起，难道没法可惩治？
召集老臣来，问他占梦卜吉凶。都说自己最灵验，乌鸦雌雄谁分清？

人说天空那么高，却不敢不弯腰。人说大地那么厚，却不敢不小心走路。
高声呼叫这些话，有理有据不瞎编。可悲当今的人，为何像毒蛇毒蜥？

远远看那山坡田，禾苗长得茂。上天如此折磨我，唯恐把我打不倒。
当初朝廷来求我，唯恐求我求不到。得到我后却慢待，也不重用与倚靠。

心里忧愁深，好像绳结不能解。当今这样的政治，为何越来越暴虐？
大火熊熊正旺，难道有谁能扑灭？辉煌的周王朝，褒姒来灭亡它！

既忧伤满心怀，又遇阴雨绵绵。车厢已经装载满，竟然抽去车挡板。
等到货物掉下来，才请大哥来帮忙。

车厢挡板不要扔，加固你的车辐条。多多看你的奴仆，装载货物莫丢散。
终可越过艰和险，可是你却不在意。

鱼儿在池沼，也不快乐和安宁。即使深藏不动，仍很清楚地看到。
愁思满怀长戚戚，忧虑国家多虐政。

他有美酒醇又香，又有佳肴任品尝。四周邻里多融洽，婚姻亲眷联结广。
想我孤独只一身，忧心忡忡真悲惨。

卑鄙小人有好屋，鄙陋之徒享俸禄。今世黎民无福禄，老天摧残不怜惜。富贵人家多欢乐，哀怜这些孤独！

十月之交

【原文】

十月之交，朔日辛卯，日有食之，亦孔之丑。
彼月而微，此日而微。今此下民，亦孔之哀。①

日月告凶，不用其行。四国无政，不用其良。
彼月而食，则维其常，此日而食，于何不臧。②

烨烨震电，不宁不令，百川沸腾，山冢崒崩；
高岸为谷，深谷为陵。哀今之人，胡憯莫惩？③

皇父卿士，番维司徒。家伯维宰，仲允膳夫。
棸子内史，蹶维趣马。楀维师氏，艳妻煽方处。④

抑此皇父，岂日不时？胡为我作，不即我谋？
彻我墙屋，田卒污莱。曰予不戕，礼则然矣。⑤

皇父孔圣，作都于向。择三有事，亶侯多藏。
不慭遗一老，俾守我王。择有车马，以居徂向。⑥

黾勉从事，不敢告劳。无罪无辜，谗口嚣嚣。
下民之孽，匪降自天。噂沓背憎，职竞由人。⑦

悠悠我里，亦孔之痗。四方有羡，我独居忧。
民莫不逸，我独不敢休。天命不彻，我不敢效我友自逸。⑧

【概意】

谴责周幽王任用小人，滥用民力，宠幸艳妻，政失常轨。

【注释】

①十月：古人认为十月是纯阴之月，阴盛阳衰，所以发生日食。交：交替。朔日辛卯：初一辛卯日，古时用天干地支记录日期，所以称这一天是辛卯；朔指初一。丑：恶，不好。古人认为日食不吉，所以说丑。微：无光。

②告凶：宣告天下凶兆。行：道，度。四国：泛指天下。

③烨烨（yè）：声光很大，可能是地震时出现的地光。震：雷，一说是地震时发出的隆隆声。令：好，善。冢：山顶。崒：碎。胡憯（cǎn）：怎么。惩：惩戒，制止。

④皇父：周幽王时的卿士。卿士：官名，总管王朝政事，为百官之长。番：姓。司徒：六卿之一，掌管土地人口。家伯：人名，周幽王时的宠臣。宰：冢宰，六卿之一，掌建六邦之典。仲允：人名。膳夫：掌管周王饮食的官。聚（zōu）子：姓聚的人。内史：掌管周王的法令和对诸侯封赏策命的官。蹶（guì）：姓。趣马：养马的官。楀：姓。师氏：掌管贵族子弟教育的官。艳：美色，这里指周幽王的宠妃褒姒。煽：炽热。

⑤抑：通噫，感叹词。时：按时。彻：拆毁。卒：尽，都。汙：水不通。戕：残害。

⑥圣：聪明。向：邑名。择三有事：选择人来担任三卿。亶：信，确实。侯：语气助词。藏：积蓄，聚敛。憖（yìn）：愿，肯。徂：到。

⑦孽：灾难。噂（zǔn）沓：聚在一起说闲话，闲话纷纷。噂，聚会。沓：话多的样子。背憎：背后相互憎恨。职：主。

⑧悠：忧思。里：忧愁。痗（mèi）：病。羡：宽裕。天命不彻：上天不遵循常道。

【译文】

九月底来十月初，十月初一辛卯日。太阳突然被吃掉，这真是件大丑事。
那边月亮正昏暗，这边太阳光芒失。如今天下众黎民，也很哀痛怎么了。

日食月食示凶兆，运行不遵其常规。全因天下没善政，不用他们的贤才。
平时月食也曾有，习以为常心不扰。现在日食又出现，隐隐有事不好吧。

雷电轰鸣光闪亮，天不安来地不宁。江河条条如沸水，山峰座座尽坍塌。

高岸竟然变深谷，深谷却又成高峰。哀叹当今的百姓，什么惨事不戒惩？

皇父显赫为卿士，番氏官职是司徒。家伯掌管冢宰职，仲允御前做膳夫。聚子内史管人事，蹶氏身居养马夫。楀氏掌教官师氏，美妻惑王势正炽。

感叹一声这皇父，难道真不识时务？为何派我去服役，事先一点不告诉？拆我墙来毁我屋，良田水淹终荒芜。反说：我没残害你，礼法便是当如此。

皇父自认很圣明，向邑建都避灾殃。选择亲信作三卿，专自称侯多宝珍。不愿留下一元老，让他守卫我君王。选择有车有马人，迁到向城去居住。

勤恳勉励做公事，辛苦劳累不敢言。本来无错更无罪，诬蔑之声却嚣张。黎民百姓受灾难，灾难并非自天降。当面聚欢背后恨，罪责应由小人担。

绵绵愁思深又长，劳心伤神转成疾。天下之人多欢欣，独我忧深心不安。众人没有不安逸，独我劳苦不敢闲。上天不遵平常道，不敢效我友自安逸。

雨无正

【原文】

浩浩昊天，不骏其德。降丧饥馑，斩伐四国。
旻天疾威，弗虑弗图。舍彼有罪，既伏其辜。
若此无罪，沦胥以铺。①

周宗既灭，靡所止戾。正大夫离居，莫知我勚。
三事大夫，莫肯夙夜。邦君诸侯，莫肯朝夕。
庶曰式臧，复出为恶。②

如何昊天，辟言不信？如彼行迈，则靡所臻。
凡百君子，各敬尔身。胡不相畏？不畏于天！③

戎成不退，饥成不遂。则我朁御，憯憯日瘁。
凡百君子，莫肯用讯。听言则答，谮言则退。④

哀哉不能言！匪舌是出，维躬是瘁。
哿矣能言，巧言如流，俾躬处休。⑤

维曰于仕，孔棘且殆。云不可使，得罪于天子。
亦云可使，怨及朋友。⑥

谓尔迁于王都，曰予未有室家。
鼠思泣血，无言不疾！昔尔出居。谁从作尔室？⑦

【概意】

讽刺周幽王昏暴，政令如雨之多但却都是暴虐。

【注释】

①浩浩：广大的样子。昊天：皇天。骏：长。四国：泛指天下。疾威：疾，病人；威，罪人。此处指上天暴虐。既：尽，全。伏：隐匿，隐藏。辜：罪。沦胥：陷入，沉入。铺：病痛，病苦。

②靡所：没有地方。止戾：安定，安居。正大夫：上大夫。勩（yì）：劳苦。庶：庶几，也许可以，表示希望。式：语气助词。臧：好，善。覆：反。

③辟言：正言，合乎法度的言论。行迈：远行。臻（zhēn）：至，到达。

④戎成不退：指战争不息。遂：安。一说顺遂。朁（xiè）御：侍御。左右亲近的大臣。憯（cǎn）：忧伤。瘁：病。讯：进谏。听言：顺耳之言。答：应答。谮言：批评。

⑤出（zhuó）：通拙，笨拙。躬：亲身。瘁：病，憔悴。哿（gě）：称许。能言：能说会道的人。休：美好。

⑥于：往，去。仕：做官。棘：急，比喻艰难。殆：危险。

⑦尔：指前边提到的上大夫等人。鼠：通癙，忧思。疾：通嫉，嫉恨。从：跟随。作：营造。

【译文】

广大无边的苍天，所赐恩德不长远。降下丧乱饥馑，天下百姓都被害惨。
上天太过暴虐，不思量也不谋划。放掉真正罪人，尽把其罪过隐瞒。

而这些无罪好人，反而陷入痛苦遭罪。

周室宗亲已经灭绝，人们四处流浪。正大夫早已离散，有谁知道我的辛劳。
三公大夫，哪个肯日夜把心操。各方诸侯，哪个肯早晚为国忙。
希望他们做点好事，谁知恶事反都做到。

皇天该怎么办？正确的话没人信。像要走远路的人，却不知要走到哪去。
君子众卿大夫，各自谨慎小心为好。为何相互不戒惧？竟不畏天命威严！

战事已起，天降饥馑难安顺。为何我这小侍臣，天天劳苦忧伤。
君子众卿大夫，都不肯去劝谏。顺耳的话儿就应声，批评的话语就遭斥。

悲哀啊忠言难出口，并非是我嘴舌笨拙，实在身心已憔悴。
能说会道的人，讨巧的话语如流水，使得自身享安乐。

如今要说去做官，实在艰难又危险。若说坏事不能做，便要得罪于天子。
若说这事可以办，又会遭到朋友怨。

劝你迁到王都，却说我没有家。忧思哭泣到流血，没有话儿不遭恨。
当初你们迁出时，谁肯作你家室？

小宛

【原文】

宛彼鸣鸠，翰飞戾天。
我心忧伤，念昔先人。
明发不寐，有怀二人。①

人之齐圣，饮酒温克。
彼昏不知，壹醉日富。
各敬尔仪，天命不又。②

中原有菽，庶民采之。
螟蛉有子，蜾蠃负之。
教诲尔子，式榖似之。③

题彼脊令，载飞载鸣。
我日斯迈，而月斯征。
夙兴夜寐，无忝尔所生。④

交交桑扈，率场啄粟。
哀我填寡，宜岸宜狱。
握粟出卜，自何能榖？⑤

温温恭人，如集于木。
惴惴小心，如临于谷。
战战兢兢，如履薄冰。⑥

蜾蠃

【概意】

君子告诫自己要小心谨慎，继承先德。

【注释】

①宛：小。鸠：鸟名，斑鸠，似山雀而小。翰：高。戾：至。先人：逝去的祖先。明发：天亮时。寐：睡着。

②齐圣：极其聪明睿智的人。温克：善于克制自己以保持温和、恭敬的仪态。昏：昏庸的人。壹醉：一说每饮必酒醉，一说聚众喝酒而醉。日富：醉酒夸富；一说一日之富，即喝醉后自我感觉此时此刻很富有圆满。

③中原：原中，田野之中。菽：豆。螟蛉（míng líng）：螟蛾的幼虫。蜾蠃（guǒ luǒ）：细腰蜂。蜾蠃捕捉螟蛉的幼虫，放到蜂巢里做其幼虫的食物。古人误以为蜾蠃代螟蛉抚养幼虫，所以称养子为螟蛉义子。式：用。一说句首语助词。穀：善。似：借用为嗣，继承。

④题：视，看。脊令：鸟名，形似小鸡，常在水边捕食昆虫。忝：辱没。生：一说指父母；一说指人的一生。

⑤桑扈：鸟名，似鸽子而小，俗称青雀。率：沿着。场：打谷场。填：病。寡：寡财，贫。宜：乃。岸：牢房。狱：诉讼。

⑥温温：柔和的样子。恭人：谦虚谨慎的人。惴惴：恐惧而警戒的样子。

【译文】

小小斑鸠不住鸣，振翅高飞飞上天。
我的内心满忧伤，怀念往昔先前人。
直到天明为睡着，怀想父母在世情。

极其智慧的那些人，喝酒也能见沉稳。
那些糊涂昏庸者，每饮必醉夸自富。
各人自重慎举止，天命一去没来时。

田野长满野豆子，众人一起去采摘。
螟蛉一旦生幼子，蜾蠃会把它背来。
你们有儿我教育，继承祖先好德行。

看那小小鹡鸰鸟，一边飞呀一边鸣。
天天在外奔波，月月在外远行。
起早贪黑不停歇，不要辱没你父母。

青雀叽叽没吃食，沿着谷场啄我米。
自怜贫病更少财，入牢入狱可真气。
抓把米来占一卦，看我何时能吉利？

温和恭谨的那些人，如鸟聚集在树梢。
担心害怕真警惕，就像深谷在脚边。
心惊胆战又小心，如同踩在薄冰上。

何人斯

【原文】

彼何人斯？其心孔艰。胡逝我梁，不入我门？伊谁云从？维暴之云。①
二人从行，谁为此祸？胡逝我梁，不入唁我？始者不如今，云不我可。②

彼何人斯？胡逝我陈？我闻其声，不见其身。不愧于天，不畏于天。③
彼何人斯？其为飘风。胡不自北？胡不自南？胡逝我梁？只搅我心。④

尔之安行，亦不遑舍；尔之亟行，遑脂尔车？壹者之来，云何其盱？⑤
尔还而入，我心易也；还而不入，否难知也。壹者之来，俾我祇也。⑥

伯氏吹埙，仲氏吹篪。及尔如贯，谅不我知。出此三物，以诅尔斯。⑦
为鬼为蜮，则不可得。有靦面目，视人罔极。作此好歌，以极反侧。⑧

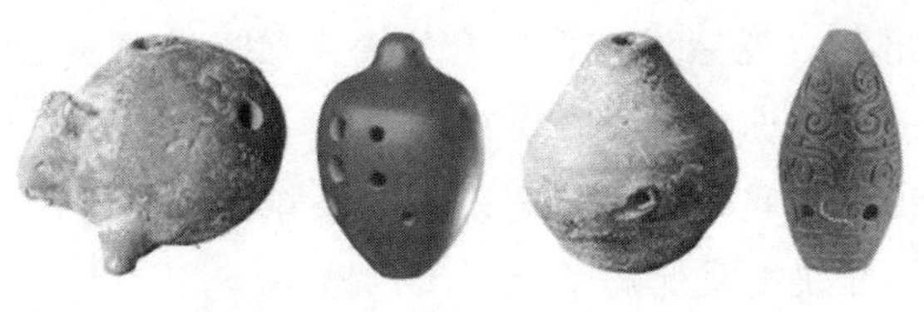

埙

【概意】

讽刺士大夫之间互相排挤残害。

【注释】

①艰：心险难测。胡：为什么。逝：经，过。从：跟着。暴：粗暴，暴虐。

②唁：慰问。

③陈：堂前的路。

④飘风：暴风。

⑤安行：缓行。亟行：急行。脂：膏脂，一说轫车木，停车时支车用。壹者：云，乃。盱（xū）：张目，一说忧愁。

⑥易：喜悦。祇：病。

⑦埙（xūn）：古代用陶土做的一种吹奏乐器。篪（chí）：古代用竹制的一种乐器。贯：用绳串物。三物：指犬、豕、鸡。诅（zǔ）：盟誓，古时订盟誓，要杀牲献血，告示神明，如有违背，令神明降祸。

⑧蜮（yù）：短狐。靦（tiǎn）：惭愧的样子。一说狡狯的样子。视：示。罔极：没有准则。好歌：交好的歌。极：尽。反侧：翻来覆去睡不着。

【译文】

那究竟是什么人？他的居心真难测。为何去看我鱼梁，却不进入我家门？还有何人跟他，只有他那暴虐心。

二人跟着他走路，究竟是谁惹的祸？为何去看我鱼梁，却不进门慰问我？原先可不像如今，竟然说我的坏话。

那究竟是什么人，为何经过我堂前？我只听见他声音，却总不见他形身影。你在人前不惭愧，连上天也不畏敬。

那究竟是什么人？仿佛就像暴风入侵。为何来时不自北？为何来时不自南？为何只走我鱼梁？只是搅得我心乱。

缓缓悠悠你出行，竟然没空多休息。急急忙忙你要走，停车的空闲也没有。为了你这来一次，说什么我眼望穿？

你来如若入我房，我的心儿就高兴。你来却不入我房，原因又有谁知道。为了盼你来一次，都快把我忧病了。

你伯兄吹陶埙，我仲兄奏竹篪。我与你像一串绳，你竟对我不深知。神前供豕犬鸡，与你对神发盟誓。

倘若真是那鬼蜮，那就真是不得见。可你却是有头脸，只是行为没准则。我只能作这首好歌，挨过不眠长反侧。

小雅·谷风之什

谷风

【原文】

习习谷风，维风及雨。
将恐将惧，维予与女。
将安将乐，女转弃予。①

习习谷风，维风及穨。
将恐将惧，寘予于怀。
将安将乐，弃予如遗。②

习习谷风，维山崔嵬。
无草不死，无木不萎。
忘我大德，思我小怨。③

【概意】

弃妇被抛弃前后之事，充满哀怨之情。

【注释】

①习习：微风和煦。一说大风的声音。谷风：谷中之风。一说东风。将：且。转：反。

②穨（tuí）：暴风。寘（zhì）：同置。

③崔嵬：山高峻的样子。

【译文】

山谷呼呼刮大风，只有风和阵阵雨。
当年担惊又受怕，只我和你共分担。
如今安定又享乐，你反弃我而去。

谷口呼呼刮大风，只有大风刮不停。
当年担惊受怕时，你抱我在你怀里。
如今安定又享乐，抛弃我像扔东西。

山谷呼呼风不停，只有狂风刮山岭。
风刮百草全枯死，风刮树木都凋零。
忘却我的各种好，专记我的小怨恨。

蓼莪

【原文】

蓼蓼者莪，匪莪伊蒿。哀哀父母，生我劬劳。①
蓼蓼者莪，匪莪伊蔚。哀哀父母，生我劳瘁。②

瓶之罄矣，维罍之耻。鲜民之生，不如死之久矣！
无父何怙？无母何恃？出则衔恤，入则靡至。③

父兮生我，母兮鞠我。拊我畜我，长我育我。
顾我复我，出入腹我。欲报之德，昊天罔极！④

南山烈烈，飘风发发。民莫不穀，我独何害！
南山律律，飘风弗弗。民莫不穀，我独不卒！⑤

莪

【概意】

悲诉父母养育恩泽难报。

【注释】

①蓼蓼（lù）：长且大的样子。莪（é）：一种草，又名莪蒿，三月中茎可以蒸煮了吃，到秋天长老为蒿，即不可吃。劬（qú）劳：劳累，劳苦。

②蔚（wèi）：牡蒿，花紫红色，果实象角而无子，所以称牡蒿。

③瓶：汲水的瓶子。一说装酒的小瓶。罄：尽。罍：盛水的器具。一说装酒的大坛。鲜（xiǎn）：孤寡。怙（hù）：依靠。恃（shì）：依靠。衔恤：含忧。

④鞠：养。拊（fǔ）：通抚，抚养。畜：抚爱。顾：顾念。复：返回，指不忍离去。腹：怀抱。

⑤烈烈：艰难险阻的样子。一说风大的样子。飘风：飙风。发发（bō）：风声迅疾。穀：善。律律：同烈烈。弗弗：同发发。卒：终。指终养父母。

【译文】

又大又长的莪蒿，不是莪是蒿。可怜我的父母亲，抚养我太辛劳。

又大又长的莪蒿，不是莪是蔚。可怜我的父母亲，养我长大太劳累。

小瓶儿空了底，真是大坛的羞耻。少福孤独的人活着，不如早早地死去。

没有父亲何所靠？没有母亲何所依？出门行走心含悲，入门不知已经到。

父亲呀你生下我，母亲呀你喂养我。你们护我疼爱我，养我长大教育我。想我不愿离开我，出入家门怀抱我。想报父母大恩德，像上天那样广大怎么报得！

南山险阻难逾越，狂风呼呼吹得狂。大家没有不幸事，为何独我遭此劫！

南山艰险难攀登，狂风哗哗吹得盛。大家没有不幸事，为何只我无终养！

大东

【原文】

有饛簋飧，有捄棘匕。周道如砥，其直如矢。
君子所履，小人所视。睠言顾之，潸焉出涕。①

小东大东，杼柚其空。纠纠葛屦，可以履霜。
佻佻公子，行彼周行。既往既来，使我心疚。②

有洌氿泉，无浸获薪。契契寤叹，哀我惮人。
薪是获薪，尚可载也。哀我惮人，亦可息也。③

东人之子，职劳不来。西人之子，粲粲衣服。
舟人之子，熊罴是裘。私人之子，百僚是试。④

或以其酒，不以其浆。鞙鞙佩璲，不以其长。
维天有汉，监亦有光。跂彼织女，终日七襄。⑤

虽则七襄，不成报章，睆彼牵牛，不以服箱。
东有启明，西有长庚。有捄天毕，载施之行。⑥

维南有箕，不可以簸扬。维北有斗，不可以挹酒浆。
维南有箕，载翕其舌。维北有斗，西柄之揭。⑦

簋

杼柚

【概意】

反映出周室和东方诸侯国的矛盾，批判周宗室对东方诸侯国的严重榨取。

【注释】

①饛（mēng）：食物装满容器的样子。簋（guǐ）：古食器。青铜或陶制，圆口。飧（sūn）：晚饭。捄（qiú）：长。棘匕（bǐ）：酸枣木做的勺。周道：大道。砥（dǐ）：磨刀石。睠（juàn）：同眷，回头看。潸（shān）：泪流的样子。

②小东大东：西周时代，以镐京为中心，统称东方各诸侯为东国，近的为小东，远的为大东。杼柚（zhù zhóu）：织布机。纠纠：缠绕。葛屦：麻布鞋。佻佻（tiāo）：轻薄不耐劳苦的样子。周行（háng）：大道。

③氿（guǐ）泉：受阻而从旁侧流出的泉，细而长。契契：忧苦的样子。惮（dàn）：同瘅，劳苦成病。

④职劳：从事劳役。西人：周京师来人。裘：皮裘。私人：家奴。百僚：百仆。

⑤浆：米浆。鞙鞙（juān）：玉或长或圆的样子。璲（suì）：贵族佩带上镶的宝玉。以：因。长：善。汉：银河。监（jiàn）：同鉴，照。跂（qǐ）：通歧，分叉的样子。七襄：七次移动位置。

⑥报章：织布。报，织布机的梭子往复。章，经纬纹理。睆（huǎn）：明星。服：负载。箱：大车之箱。启明、长庚：金星。早晨在东叫作启明，傍晚在西叫作长庚。毕：星宿名。共八星，形状像网。

⑦箕：俗称簸箕星，四星练成的星座，形状类似簸箕。斗：北斗星。挹：舀。翕（xì）：引。揭：高举。北斗星的勺柄在西方，好像西方执柄搜刮东方一样。

【译文】

篮里晚饭装得满，枣木勺子弯又长。大道好像磨石平，笔直好像箭一样。
大人路上常来往，小民只能瞪眼望。心有留恋把头转，眼泪簌簌往下流。

东方诸侯国，织成布帛转头空。葛麻草鞋缠又绑，可以踏冰霜。
轻佻的公子，从容行在大路上。已经过去又回来，使我看得心发痛。

泉水横流清又冷，莫要浸那柴和薪。忧愁辛苦长叹息，可怜我们辛苦人。
砍下树枝当烧柴，还要装车运回去。可怜我们辛苦人，也该休息休息啊。

东方诸侯的子弟，辛苦服役无人理。西方周人的子弟，衣服华丽多鲜亮。
那些富人的子弟，熊皮做裘穿在身。那些家奴的孩子，也都个个当差役。

有人醉于香醇酒，有人喝不上米浆。美丽宝玉佩身上，不是才德有专长。
看那天上有银河，照耀黑夜闪光芒。鼎足三颗织女星，一天七次移动忙。

虽然七次移动忙，没有织成好纹章。看牵牛星亮闪闪，也是不能拉车箱。
东方有着启明星，西方有着长庚星。天毕八星柄弯长，把网张开没用场。

南方有那簸箕星，不能用来簸米糠。北方有那北斗星，不能用它舀酒浆。
南方有那簸箕星，吐出舌头口大张。北方有那北斗星，西举勺柄向东方。

无将大车

【原文】

无将大车，祇自尘兮。
无思百忧，祇自疧兮。①

无将大车，维尘冥冥。
无思百忧，不出於颎。②

无将大车，维尘雝兮。
无思百忧，祇自重兮。③

【概意】

面对世事的众多烦忧，劝人旷达，不要过于劳思焦虑。

【注释】

①将：推动。大车：用牛拉的货车。大车本用牛拉，人力微而车重，即使推也无济于事。疧（qí）：忧病。

②冥冥：昏暗，这里指尘土迷蒙的样子。颎（jiǒng）：心事重重。

③雝：同壅，蔽。重：加重，累。

【译文】

不要去推那大车，只会蒙上一身尘。
不要去想那忧愁，只会惹来一身病。

不要去推那大车，尘土暗暗扬上身。
不要寻思种种忧，难以自拔心不宁。

不要去推那大车，尘土滚滚蔽天日。
不要寻思种种伤，只会加重自受累。

小明

【原文】

明明上天，照临下土。我征徂西，至于艽野。
二月初吉，载离寒暑。心之忧矣，其毒大苦。
念彼共人，涕零如雨。岂不怀归？畏此罪罟。①

昔我往矣，日月方除。曷云其还，岁聿云莫？

念我独兮，我事恐庶。心之忧矣，惮我不暇。
念彼共人，睠睠怀顾。岂不怀归，畏此谴怒。②

昔我往矣，日月方奥。曷云其还，政事愈蹙？
岁聿云莫，采萧获菽。心之忧矣，自诒伊戚。
念彼共人，兴言出宿。岂不怀归？畏此反覆。③

嗟尔君子，无恒安处。靖共尔位，正直是与。
神之听之，式穀以女。

嗟尔君子，无恒安息。靖共尔位，好是正直。
神之听之，介尔景福。④

【概意】

大夫自伤久役，思念亲人朋友。

【注释】

①征：行役。艽（qiú）野：远荒之地。二月：周正二月，即夏正之十二月。初吉：上旬的吉日。离：经历。毒：痛苦，磨难。共人：同僚。罪罟（gǔ）：罪网。

②除：除旧迎新，指旧年将去，新年将到。曷：何时。聿云：语气助词。莫：古暮字。岁末。恐庶：很多。惮：劳苦。睠睠：眷恋。

③奥（yù）：通燠，暖。萧：艾蒿。诒：通贻，遗留。伊：此，这。戚：忧伤。兴言：语首助词。出宿：露宿在外。一说不能安眠。反覆：反复无常，不测之罪。

④恒：长久。靖：敬。共：恭。与：亲近，友好。式：乃。穀：善。以：与，给。介：给予。景：大。

【译文】

朗朗在上的青天，光芒照耀着人世。我为公事往西行，到了荒凉僻远处。
二月初吉日起程，历经酷暑与严寒。心里充满了忧伤，深受折磨苦不堪。
想那恭谨尽职人，潸潸泪下如涌泉。难道我不想回来？只因怕将法网触。

当初我刚上征途，那时正逢旧岁除。什么时候才能归，眼看就要到年末？
念我一人形影只，差事多得不胜数。心里充满了忧伤，疲于奔命无闲暇。
想那恭谨尽职人，无限眷念日夜慕。难道我不想归家，只怕上司怒责罚。

当初我刚上征途，正值由寒转暖时。什么时候才能归，公务繁忙愈加急？
眼看就要到年末，农人采蒿收豆忙。心里充满了忧愁，我真是自讨苦吃。
想那恭谨尽职人，辗转难眠思不休。难道我不想归家，世事反复祸难当。

叹息你这君子，莫贪安逸享福分。恭谨从事忠职守，结交正直与贤德。
神灵听到这一切，赐给你们好福祉。

叹息你这君子，莫贪安逸长安居。恭谨从事忠职守，爱好正直与德贤。
神灵听到这一切，赐给你们好祥瑞。

小雅·甫田之什

大田

【原文】

大田多稼，既种既戒，既备乃事，以我覃耜。
俶载南亩，播厥百谷，既庭且硕，曾孙是若。①

既方既皁，既坚既好。不稂不莠，去其螟螣。
及其蟊贼，无害我田稚。田祖有神，秉畀炎火。②

有渰萋萋，兴雨祁祁。雨我公田，遂及我私。
彼有不获稚，此有不敛穧。
彼有遗秉，此有滞穗，伊寡妇之利！③

曾孙来止，以其妇子，馌彼南亩，田畯至喜。
来方禋祀，以其骍黑，与其黍稷。
以享以祀，以介景福。④

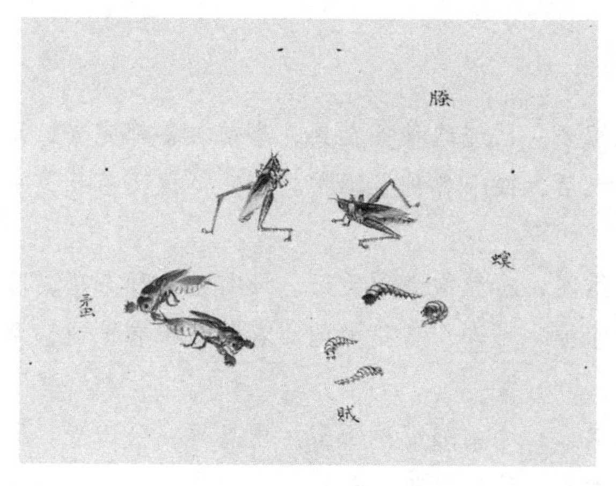

螣

【概意】

西周贵族祭祀田祖等神祇的祈年之作。

【注释】

①大田：面积广阔的农田。稼：种庄稼。既：已经。种：选种。戒：准备，修理农业器具。覃（yǎn）：锋利。耜（sì）：古代一种翻土的农具，形如木叉，上有曲柄，下面有犁头。俶（chù）载：开始从事。庭：挺拔。硕：大。曾孙：周王对其祖先和神明的自称。若：顺从。

②方：谷粒开已经生壳但还未饱满。皁（zào)：谷壳已经结好，但还没有坚实。稂（láng）：谷壳空的稻穗。莠：田间害草。俗称狗尾草。螟（míng）：蛀食稻心的害虫。螣（tè）：食苗叶的害虫。蟊（máo）：食稻根的害虫。贼：食稻茎的害虫。稚（zhì）：晚植的谷类，引申为幼苗。田祖：农神。秉：持。畀：给予。炎火：大火。

③渰（yǎn）：云兴起的样子。萋萋：云徐徐而行的样子。祁祁：众多的样子。公田：公家的田。周朝实行井田制，一块田按井字划分为九块，中间一百亩为公田，周围八块为私田。八家共同耕种公田，公田的收入归公家所有。我私：私田。穧（jì）：已割而未收的农作物。秉：谷把。滞穗：丢弃的谷穗。

④馌（yè）：送饭。田畯：掌管监督农事的官员。禋（yīn）祀：升烟以祭，古代的祭天典礼，这里泛指祭祀。骍：赤色的牛。黑：黑色的猪羊。

景：大。

【译文】

大田里边庄稼多，已经选种备农具，事前准备都完妥，用我那锋利的耜。开始农田干农活，播下各种谷物种。苗儿挺拔又茁壮，一切都顺曾孙意。

庄稼抽穗又结实，籽粒饱满硬又好。没有空壳和杂草，除掉螟虫和螣虫。蟊虫贼虫也除掉，不许伤害我嫩苗。农神田祖有神通，拿了害虫大火烧。

乌云密密飘满天，小雨绵绵落下来。雨点落在公田里，同时洒到我私田。
那有没割的嫩谷，这有没收的谷把。
那儿掉下一束禾，这儿谷粒有遗落，都是寡妇得的利！

曾孙视察已来到，同他的妻和子。他们送饭到田头，田官过来用饮食。
曾孙来祭四方神，用那红牛和黑猪，用他的稷和黍。
献上祭品行祭礼，求神赏赐大福祉。

裳裳者华

【原文】

裳裳者华，其叶湑兮。我觏之子，我心写兮。
我心写兮，是以有誉处兮。①

裳裳者华，芸其黄矣。我觏之子，维其有章矣。
维其有章矣，是以有庆矣。②

裳裳者华，或黄或白。我觏之子，乘其四骆。
乘其四骆，六辔沃若。③

左之左之，君子宜之。右之右之，君子有之。
维其有之，是以似之。④

【概意】

赞美诸侯之作。

【注释】

①裳裳：堂堂，鲜艳旺盛的样子。湑（xǔ）：茂盛。觏（gòu）：遇见。写：通泻，心情舒畅。誉：通豫，安乐。

②芸：色彩浓艳。章：纹章，指服饰文采。

③骆：黑色鬃毛的白马。沃若：光滑柔软的样子。

④左之、右之：或左或右，左右辅佐都很得宜。似：嗣，继承祖宗基业。

【译文】

花儿朵朵美美开，叶儿繁茂长得旺。我遇见了这个人，我的心情真舒畅。
我的心啊真舒畅，于是有了安乐的地方。

花儿朵朵在盛开，鲜艳亮丽黄又黄。我遇见了这个人，他的服饰有纹章。
他的服饰有纹章，于是有了庆贺的地方。

花儿朵朵在盛开，有黄有白多娇艳。我遇见了这个人，四匹黑鬣白马驾在前。
四匹黑鬣白马驾在前，六根缰绳滑又软。

要向左啊就向左，君子应付很适宜。要向右啊就向右，君子发挥有余地。
因他发挥有余地，所以祖业继承都靠他。

頍弁

【原文】

有頍者弁，实维伊何？尔酒既旨，尔肴既嘉。
岂伊异人，兄弟匪他。茑与女萝，施于松柏。
未见君子，忧心奕奕。既见君子，庶几说怿。①

有頍者弁，实维何期？尔酒既旨，尔肴既时。
岂伊异人，兄弟具来。茑与女萝，施于松上。

未见君子，忧心怲怲。既见君子，庶几有臧。[②]

有頍者弁，实维在首。尔酒既旨，尔肴既阜。
岂伊异人，兄弟甥舅。如彼雨雪，先集维霰。
死丧无日，无几相见。乐酒今夕，君子维宴。[③]

【概意】

王公贵族宴饮兄弟亲戚，写出了贵族间彼此依附的关系。

【注释】

①頍（kuǐ）：带着皮帽前倾的样子。弁：白鹿皮制成的圆顶礼帽。实：是。肴：荤菜。茑（niǎo）、女萝：两种攀爬植物名，比喻兄弟亲戚相互依附。奕奕：心神不安的样子。说（yuè）：通悦，喜悦。

②期：语气助词。时：善，物得其时则善。怲怲（bǐng）：忧愁深重的样子。臧：善。

③霰（xiàn）：雪珠。无几：没有多久。

【译文】

鹿皮礼帽微歪斜，为何将它戴头顶？你的酒浆都甘醇，你的肴馔味道好。
来的哪里有外人，只有兄弟非别人。茑草女萝蔓儿长，攀着松柏相联络。
未曾见到君子面，忧心忡忡时发作。如今见到君子面，满怀欢喜心情好。

鹿皮礼帽微微斜，为何将它戴头顶？你的酒浆都甘醇，你的肴馔都时鲜。
来的哪里有外人，全是兄弟相到来。茑草女萝蔓儿长，攀着松树相缠绕。
未曾见到君子来，忧思时时生烦恼。如今见到君子面，满怀喜悦心境好。

鹿皮礼帽微微歪，正好戴在头顶上。你的酒浆都甘醇，你的肴馔真丰盛。
来的哪里有外人，兄弟甥舅是亲人。好像天上的落雪，雪珠纷纷飞满天。
死亡日子难逆料，时间无多难相见。开怀畅饮趁今夜，各位君子请享宴。

车舝

【原文】

间关车之舝兮，思娈季女逝兮。
匪饥匪渴，德音来括。虽无好友，式燕且喜。①

依彼平林，有集维鷮。辰彼硕女，令德来教。
式燕且誉，好尔无射。②

虽无旨酒，式饮庶几。虽无嘉肴，式食庶几。
虽无德与女，式歌且舞。③

陟彼高冈，析其柞薪。析其柞薪，其叶湑兮。
鲜我觏尔，我心写兮。④

高山仰止，景行行之。四牡騑騑，六辔如琴。
觏尔新婚，以慰我心。⑤

鷮

【概意】

新婚宴饮，表达男子对佳偶的思慕之情。

【注释】

①间关：车轴转动发出的声音。舝（xiá）：车轴的键。娈：妩媚可爱。季女：少女。逝：往，指出嫁。括：会合。式：语气助词。燕：通“宴”，宴饮。

②依：通殷，树木茂盛的样子。平林：平地上的树林。集：鸟落在树上。鷮（jiāo）：长尾巴的野鸡。辰：通珍，美好。誉：通豫，安乐。射（yì）：厌烦。

③庶几：一些。

④柞（zuò）：木名。湑：茂盛。鲜：善。觏：见。写（xiè）：通泻，宣泄，舒畅。

⑤仰：抬头看。止：语气助词。景行：大路。騑騑（fēi）：马前行的样子。

【译文】

车轴转动声声响，妩媚少女要出嫁。从此没有饥与渴，有德淑女来会合。
虽然没有好朋友，且宴饮来且快乐。

丛林茂密满平野，长尾锦鸡栖树上。姑娘美丽又丰满，德行良好有教养。
且宴饮来且欢愉，喜爱你呀不厌弃。

虽然没有美醇酒，也请稍微饮一些。虽然没有好菜肴，也请稍微吃一点。
虽然德行难配你，且来欢歌且跳舞。

登上高高的山冈，柞木劈来当柴烧。柞木劈来当柴烧，叶子茂盛满树梢。
能够顺利看见你，心中烦恼全都消。

巍峨高山要仰视，平坦大道能纵驰。驾起四马快快行，挽缰如调琴弦丝。
今遇新婚好娘子，满怀欣慰称美事。

宾之初筵

【原文】

宾之初筵，左右秩秩。笾豆有楚，肴核维旅。
酒既和旨，饮酒孔偕。钟鼓既设，举酬逸逸。
大侯既抗，弓矢斯张。射夫既同，献尔发功。
发彼有的，以祈尔爵。①

龠舞笙鼓，乐既和奏。烝衎烈祖，以洽百礼。
百礼既至，有壬有林。锡尔纯嘏，子孙其湛。
其湛曰乐，各奏尔能。宾载手仇，室人入又。
酌彼康爵，以奏尔时。②

宾之初筵，温温其恭。其未醉止，威仪反反。
曰既醉止，威仪幡幡。舍其坐迁，屡舞僊僊。
其未醉止，威仪抑抑。曰醉既止，威仪怭怭。
是曰既醉，不知其秩。③

宾既醉止，载号载呶。乱我笾豆，屡舞僛僛。
是曰既醉，不知其邮。侧弁其俄，屡舞傞傞。
既醉而出，并受其福。醉而不出，是谓伐德。
饮酒孔嘉，维其令仪。④

凡此饮酒，或醉或否。既立之监，或佐之史。
彼醉不臧，不醉反耻。式勿从谓，无俾大怠。
匪言勿言，匪由勿语。由醉之言，俾出童羖。
三爵不识，矧敢多又。⑤

豆

【概意】

讽刺饮酒失态、失仪、提出反对滥饮。

【注释】

①初筵：宾客刚开始入席时。左右：席位的东西。主人在东，客人在西。秩秩：肃敬有序的样子。笾（biān）豆：古代的食器具或礼器。笾，竹子编制，放瓜果干脯；豆，木制、陶制或铜制，盛鱼肉糜酱等，供宴饮祭祀时使用。有楚：陈列整齐的样子。肴：豆中所装的食品，即肉食。核：笾中所装的食品，即果类。旅：陈放，摆设。和旨：醇和甘美。孔：很。偕，通皆，普遍。酶（chóu）：同酬，酒杯。逸逸：同绎绎，接连不断。大侯：箭靶，用虎、熊、豹三种皮制成，普通的候也有用布制成的。抗：高举，高挂。射夫：射手。发功：发箭射击的功夫。的：靶心，泛指射中靶子。爵：酒杯，此处指求自己射中而让别人饮罚酒。

②籥（yuè）舞：拿着籥跳舞。籥，竹制，一种类似排箫的乐器。烝：进。一说乃。衎（kàn）：娱乐。洽：合，齐。有壬：盛大。有林：繁多。锡：赐。纯：大。嘏（gǔ）：福。湛（dān）：和乐，喜乐。奏：进献。载：则。手：取。仇：匹配，相对，对手。室人：主人。入又：主人随宾客入射以和宾客相匹。康爵：空杯。时：射中者。

③止：语气助词。反反：慎重的样子。幡幡：形容轻浮无威仪的样子。僊僊（xiān）：同跹跹，轻飘飘跳舞的样子。抑抑：缜密庄重的样子。怭怭（bì）：轻佻轻薄的样子。秩：常规。

④呶（náo）：叫喊，喧哗。僛僛（qī）：身体歪斜倾倒的样子。邮：通尤。过错。侧：倾。弁（biàn）：皮帽子。俄：倾倒歪斜的样子。傞傞（suō）：喝醉

后乱舞乱蹈停不下来的样子。并：指主人和客人。伐德：败坏道德。令：美好。

⑤监：酒监，古时宴会上监督礼仪的官。史：酒史，古时宴会上记录饮酒时言行的官员。饮酒必有酒监，不一定有酒史。臧（zāng）：好，善。式：发声词。勿从谓：不要跟从劝酒，使其喝更多。俾：使。大怠：太过于轻慢失礼。匪言：不该问话。匪由：不合法道的话。童羖（gǔ）：没有角的黑色公羊，指酒后妄言。又：劝酒。

【译文】

宾客来到初入席，主客列坐有礼节。笾豆摆设很整齐，鱼肉瓜果都陈列。
好酒醇和又甘美，满座宾客同饮起。钟鼓已经架设好，举杯敬酒有秩序。
箭靶已经张挂好，张弓搭箭尽射礼。射手已经同到齐，展示你们好射技。
发箭射中那靶心，好让你杯酒不绝。

持籥欢舞笙鼓响，乐声和谐缓缓奏。进献乐舞娱祖宗，礼数周到情意厚。
各种礼节都做到，场面盛大又丰富。神灵赐你大福气，子子孙孙乐悠悠。
和乐欢快喜洋洋，各显本领莫推藏。宾客比箭找对手，主人入射陪在后。
斟酒装满那空杯，献给射中的射手。

宾客来到初入席，态度温和又谦恭。他们还未喝醉时，仪态威严又庄重。
他们都已喝醉时，威严庄重全不见。离开座位乱跑动，左摇右晃舞成仙。
他们还没喝醉时，威仪庄重态恭谨。他们都已喝醉时，威严庄重全不见。
因为已经喝大醉，不知规矩和常规。

宾客已经醉满堂，有的叫喊有的嚷。笾豆摆设全弄乱，左摇右晃舞发狂。
因为大醉现丑态，不知失礼与过错。皮帽歪斜在头顶，左摇右晃舞癫狂。
如果醉了便离席，宾主托福两无伤。如果醉了不退出，这就叫作败德行。
喝酒本是件好事，只是仪态要端庄。

凡是喝酒这件事，有时喝醉有时否。既然已经设酒监，又设酒史来戒警。
那些醉的虽不好，不醉反而愧在心。莫再跟着去劝酒，不要轻佻太任性。
不该问的不要问，不该说的不要说。依着醉后的胡话，没角公羊哪里寻。
不懂饮礼限三杯，怎敢劝他再多饮。

小雅·鱼藻之什

菀柳

【原文】

有菀者柳，不尚息焉。上帝甚蹈，无自暱焉。
俾予靖之，后予极焉。①

有菀者柳，不尚愒焉。上帝甚蹈，无自瘵焉。
俾予靖之，后予迈焉。②

有鸟高飞，亦傅于天。彼人之心，于何其臻？
曷予靖之？居以凶矜。③

柳

【概意】

讽刺暴虐无亲的周幽王。

【注释】

①菀（yù）：树木茂盛的样子。尚：庶几。上帝：指君王。蹈：动，指变化无常。暱（nì）：亲近。靖：谋。一说安定。极：惩罚。

②愒（qì）：休息。瘵（zhài）：病。迈：行。指放逐。

③傅：至。居：语助词。凶矜：凶危。

【译文】

枝叶茂盛的柳树，不崇尚在下面歇。君王变化太无常，不要自己亲近他。使我前去谋国事，结果对我用刑罚。

枝叶茂盛的柳树，不崇尚在下面歇。君王喜怒太无常，不要自己找祸殃。使我前去谋国事，结果却对我放逐。

鸟儿展翅高高飞，一直向上飞到天。那个人的心难测，何处才能是止境？

为何让我谋国事？结果置我于险地。

角弓

【原文】

骍骍角弓，翩其反矣。
兄弟昏姻，无胥远矣。[①]

尔之远矣，民胥然矣。
尔之教矣，民胥效矣。[②]

此令兄弟，绰绰有裕。
不令兄弟，交相为瘉。[③]

民之无良，相怨一方。

受爵不让，至于已斯亡。

老马反为驹，不顾其后。
如食宜饇，如酌孔取。④

毋教猱升木，如涂涂附。
君子有徽猷，小人与属。⑤

雨雪瀌瀌，见晛曰消。
莫肯下遗，式居娄骄。⑥

雨雪浮浮，见晛曰流。
如蛮如髦，我是用忧。⑦

【概意】

讽刺君主疏远骨肉，亲近小人。

【注释】

①骍骍（xīn）：弦和弓调和的样子。角弓：用牛角装饰的弓。翩：反过来弯曲的样子。反：弹弓弦，弓弦自然回弹。昏姻：指异性兄弟。胥：相。

②胥：皆。

③令：善。绰绰：宽裕舒缓的样子。裕：宽。瘉（yù）：残害。

④老马反为驹：以驯马者教老马，比喻教之过迟。一说视老马为驹，任之以劳。饇（yù）：饱。亡：通忘。

⑤毋教猱（náo）升木，如涂涂附：指有人趋炎附势不用教，巴结人如涂泥，涂了又涂。徽：美。猷：道。小人与属：小人都来依附。

⑥瀌瀌（biāo）：雨雪很大的样子。晛（xiàn）：日气。遗：通隤，顺从。式：用。居：倨傲。

⑦浮浮：雨雪很大的样子。蛮、髦：南蛮、夷髦，均为古代西南少数民族的称呼。

【译文】

角弓精心调整好，拉弦自然会反弹。
兄弟婚姻一家人，不要相互太疏远。

疏远兄弟太厉害，百姓都会跟着干。
你是这样去教导，百姓也会相仿效。

仔细交好亲兄弟，感情深厚少怨怒。
若不交好亲兄弟，相互残害全不顾。

有人内心不善良，相互怨恨另一方。
接受爵禄不谦让，直到自己的死亡。

老马当作马驹使，不念后果会如何。
好比吃饭要吃饱，好比饮酒要适量。

别教猴子去爬树，好比泥上再沾泥。
如果君子有美德，小人自然来依附。

雪花落下满天飘，一见阳光全融化。
小人不肯示顺从，反而倨傲要骄傲。

雪花落下纷纷飘，一见阳光化水流。
小人无礼如蛮髦，我心因此多烦忧。

小雅·都人士之什

都人士

【原文】

彼都人士，狐裘黄黄。其容不改，出言有章。
行归于周，万民所望。①

彼都人士，台笠缁撮。彼君子女，绸直如发。
我不见兮，我心不说。②

彼都人士，充耳琇实。彼君子女，谓之尹吉。
我不见兮，我心苑结。③

彼都人士，垂带而厉。彼君子女，卷发如虿。
我不见兮，言之从迈。④

匪伊垂之，带则有馀。匪伊卷之，发则有旟。
我不见兮，云何盱矣！⑤

【概意】

周人经历离乱之后，怀念旧日都城的人和物。

【注释】

①周：忠信。

②台：草名，可以做斗笠。缁撮：缁布帽子。绸：细密。

③琇（xiù）：美石。尹吉：尹氏，吉氏，当时的大姓。苑（yù）结：郁结。

④厉：下垂的带子。虿（chài）：蝎子一类的毒虫，长尾为虿，短尾为蝎。

⑤旟（yú）：扬，指往上翘。盱（xū）：望。一说通“吁”，忧愁。

【译文】

那些京都的人士，狐皮袍子黄亮亮。他们容貌不改变，说出话来像文章。
行为遵循西周礼，正是万民的仰望。

那些京都的人士，头戴草笠或布冠。那些贵族女子们，头发细密直不乱。
如今我都见不到，心里不快真郁闷。

那些京都的人士，耳戴玉石的耳饰。那些贵族女子们，尹氏吉氏名气大。
如今我都见不到，心中不快真郁结。

那些京都的人士，衣带下垂两边飘。那些贵族女子们，发如蝎尾向上翘。
如今我都见不到，但愿跟她一起走。

不是他要把带垂，衣带本该有余长。不是她要把发卷，头发本该向上扬。
如今我都见不到，还说什么盼望啊。

绵蛮

【原文】

绵蛮黄鸟，止于丘阿。道之去远，我劳如何？
饮之食之，教之诲之。命彼后车，谓之载之。①

绵蛮黄鸟，止于丘隅。岂敢惮行，畏不能趋。
饮之食之，教之诲之。命彼后车，谓之载之。②

绵蛮黄鸟，止于丘侧。岂敢惮行，畏不能极。
饮之食之，教之诲之。命彼后车，谓之载之。③

【概意】

讽刺周幽王礼废恩薄，尊者不顾念卑者，大臣不用仁心。

【注释】

①绵蛮：繁密的样子。阿：山坳。后车：副车，诸侯出行时的从车。

②惮：畏。趋：疾走。

③极：至，到。

【译文】

羽毛亮密小黄鸟，栖息在山坳中。道路漫长遥远，我行道路多疲劳。
让他吃饱又喝足，教他通情又达理。命那随从的副车，让他坐上拉他走。

羽毛亮密小黄鸟，栖息在山角落。难道是怕徒步走，怕太慢难走到。
让他吃饱又喝足，教他通情又达理。命那随从的副车，让他坐上拉他走。

羽毛亮密小黄鸟，栖息在山丘旁。难道是怕徒步走，怕不能走到头。
让他吃饱又喝足，教他通情又达理。命那随从的副车，让他坐上拉他走。

瓠叶

【原文】

幡幡瓠叶，采之亨之。
君子有酒，酌言尝之。①

有兔斯首，炮之燔之。
君子有酒，酌言献之。②

有兔斯首，燔之炙之。
君子有酒，酌言酢之。③

有兔斯首，燔之炮之。
君子有酒，酌言酬之。

【概意】

士大夫宴饮宾客。

【注释】

①幡幡：反复翻动的样子，指葫芦叶经风吹动翻动。亨：烹。

②斯首：白头。炮（páo）：在外边涂上泥裹着烧。燔（fán）：烧。

③炙：将肉放在火上烤。酢：回敬酒。

【译文】

飘动的瓠瓜叶，把它采来烹煮。
君子家中有美酒，斟满一杯请客尝。

白头野兔正鲜嫩，涂上泥烧味道美。
君子家中有美酒，斟满敬客喝一杯。

白头野兔正鲜嫩，烤它熏它成佳肴。
君子家中有美酒，宾客斟满回敬主。

白头野兔正鲜嫩，煨它烤它成美味。
君子家中有美酒，斟满劝饮又一杯。

隰桑

【原文】

隰桑有阿，其叶有难。
既见君子，其乐如何？①

隰桑有阿，其叶有沃。
既见君子，云何不乐？②

隰桑有阿，其叶有幽。
既见君子，德音孔胶。③

心乎爱矣，遐不谓矣？
中心藏之，何日忘之？④

【概意】

女子对爱人的表白。

【注释】

①隰（xí）：低湿的地方。阿：美貌。难（nuó）：茂盛的样子。

②沃：柔美。

③幽：黑色。德音：好话，情话。胶：固，指男子情意殷切，执着不变。

④遐不：何不。

【译文】

洼地桑树长得好，叶儿茂盛压枝丫。
我看见那人，她的快乐怎么了？

洼地桑树长得好，枝叶娇嫩又柔软。
我看见那人，如何叫我不快乐？

洼地桑树长得好，叶儿浓密色深妙。
我看见那人，情意绵绵说不够。

心里爱恋着他呀，何不好好说？
心中把他深藏起，什么时候能忘记他？

何草不黄

【原文】

何草不黄？何日不行？
何人不将？经营四方。①

何草不玄？何人不矜？
哀我征夫，独为匪民！②

匪兕匪虎，率彼旷野。
哀我征夫，朝夕不暇。③

有芃者狐，率彼幽草。
有栈之车，行彼周道。④

狐

【概意】
讽刺统治者征兵不息，百姓不得安宁。
【注释】
①将：行。
②玄：黑色。矜（guān）：通鳏，老而无妻的人。
③率：循。
④芃（péng）：兽毛蓬松。幽：深。栈车：役车。周道：大道。
【译文】

哪种草儿不枯黄，哪些日子不奔忙。
哪个人不出行，往来经营走四方。

哪种草儿不枯死，哪个男子不独身。
可怜的征夫啊，独独不被当人看。

不是野牛不是虎，却在旷野里奔走。
可怜我们征夫啊，早晚没空闲。

尾巴蓬松的狐狸，沿着深草丛中藏。
高高大大的役车，总在大道上奔跑。

诗经

大雅

大雅共31篇，大部分为西周时期的作品。大雅的作者，主要是上层贵族，内容主要是歌颂周王室及其祖先的功绩。

大雅·文王之什

文王

【原文】

文王在上，於昭于天。周虽旧邦，其命维新。
有周不显，帝命不时。文王陟降，在帝左右。①

亹亹文王，令闻不已。陈锡哉周，侯文王孙子。
文王孙子，本支百世。凡周之士，不显亦世。②

世之不显，厥犹翼翼。思皇多士，生此王国。
王国克生，维周之桢。济济多士，文王以宁。③

穆穆文王，於缉熙敬止。假哉天命，有商孙子。
商之孙子，其丽不亿。上帝既命，侯于周服。④

侯服于周，天命靡常。殷士肤敏，祼将于京。
厥作祼将，常服黼冔。王之荩臣，无念尔祖。⑤

无念尔祖，聿修厥德。永言配命，自求多福。
殷之未丧师，克配上帝。宜鉴于殷，骏命不易。⑥

命之不易，无遏尔躬。宣昭义问，有虞殷自天。
上天之载，无声无臭。仪刑文王，万邦作孚。⑦

周文王

【概意】

祭祀时对周文王的称颂，对自己的警戒。

【注释】

①於（wū）：叹词。昭：光明显耀。命：天命，天帝的旨意。有周：这周王朝。不（pī）：同丕，大。显：光明。时：是。文王陟降：文王之神在天，一升一降。陟，上升。左右：指无时不在身旁。

②亹亹（wěi）：勤勉不倦的样子。令闻：善誉；善声。陈：重。锡：同赐。侯：乃，于是。孙子：子孙。本：本宗。支：支系。士：指统治周朝享受世禄的公侯卿上百官。亦世：累世，世世代代。

③厥：其。犹：同猷，谋划。翼翼：恭敬的样子。思：语气助词。皇：美。克：能。桢：古代筑墙两端树立的木柱，引申为支柱。一说吉祥福庆。济济：众多。

④穆穆：庄重恭敬的样子。於：叹词。缉熙：光明。敬止：即敬之，严肃谨慎。假：伟大。丽：数量。亿：周朝十万为亿，这里形容数量极多。周服：臣服于周。

⑤靡常：无常。殷士：归降的殷商贵族。肤：陈序礼器。敏：敏捷，快疾。祼（guàn）：古代一种祭礼，在神主前面铺白茅，把酒淋到白茅上，像神在饮酒。将：行。常服：祭师规定穿的礼服。黼（fǔ）：绣白黑色相间花纹的礼服。冔（xǔ）：殷礼帽。荩臣：忠臣。无：语气助词。

⑥聿：发语词。永言：永远。言，同焉，语助词。配命：合天命。丧师：

丧失人心。骏命：大命。

⑦遏：止。躬：身。宣昭：宣明传布。义问：好名声。有：又。虞：审察。载：行事。刑：同型，效法。孚：信服。

【译文】

文王神灵在上，光明显耀在天上。周虽是个旧邦国，承受天命建新朝。
周朝光辉又荣耀，上天意旨全遵照。文王神灵的升降，始终在上天两旁。

勤勉进取的文王，美名永远留人间。上天厚赐他兴周，赐他子孙福无边。
文王子孙和后裔，本宗代代传百世。凡是周朝的士子，累世光荣显尊贵。

累世光荣显尊贵，深谋远虑谨勤勉。贤良优秀众人才，在此王国里降生。
王国能够得发展，都是依靠栋梁臣。济济人才聚一堂，文王可以享安宁。

庄重恭敬的文王，光明严肃为是。伟大的天命，商朝的子孙成了周的臣子。
商朝的子孙后代，人数众多数不清。上天既已降下旨，臣服周朝做臣子。

商的子孙臣服周，可见天命无常定。殷朝人士做事勤，在京祭飨作陪伴。
祭飨作陪在周京，身穿祭服戴殷帽。为王献身的忠臣，牢记感念你祖先。

牢记感念你祖先，修养自身的德行。长久顺应上天命，自己祈求多福分。
殷商未失民心时，也能配合上天意。应以殷商为鉴戒，天命不是永不变。

天命不是永不变，不要断送在你身。宣传显扬好名声，依据天意常自省。
上天行事总这样，没有声音和气味。效法文王好榜样，天下万国永信服。

思齐

【原文】

思齐大任，文王之母。思媚周姜，京室之妇。
大姒嗣徽音，则百斯男。①

惠于宗公，神罔时怨，神罔时恫。
刑于寡妻，至于兄弟，以御于家邦。②

雝雝在宫，肃肃在庙。不显亦临，无射亦保。③

肆戎疾不殄，烈假不瑕。不闻亦式，不谏亦入。④

肆成人有德，小子有造。古之人无斁，誉髦斯士。⑤

【概意】

称赞周文王妻子、母亲、祖母的德行，赞誉周文王的成就。

【注释】

①思：发语词。齐（zhāi）：通斋，肃敬。大任：即太任，王季之妻，文王之母。媚：美好，爱慕。周姜：即太姜，古公亶父之妻，王季之母，文王之祖母。大姒：即太姒，文王之妻。嗣：继承，继续。徽：美。百斯男：众多男儿。

②惠：孝顺。宗公：宗庙里的先公，先祖。神：此处指祖先之神。罔：无。时：所。恫（tōng）：哀痛。刑：同型，模范，做榜样。寡妻：嫡妻。御：治理。

③雝雝（yōng）：谐和的样子。宫：家。肃肃：恭敬的样子。庙：宗庙。不显：不明，幽暗的地方。临：观察。保：保用。

④肆：所以。戎疾：西边少数民族之患。殄：残害。烈、假：害人的疾病。瑕：残害。不、亦：语助词。式：适合。入：采纳。

⑤小子：儿童。造：早就，培养。斁：厌倦。誉：美名，声誉。髦（máo）：俊，优秀。

【译文】

肃静端庄的太任，周文王的好母亲。贤淑美好的周姜，王室主妇住周京。
太姒继承其美德，生育众男家门兴。

文王孝敬顺先祖，先祖神灵无所怨，祖先神灵无所痛。

作为榜样示嫡妻，然后连及到兄弟，全国治理都亨通。

王宫和气又和睦，宗庙恭敬又严肃。不显赫的人也关注，没有射箭的人也爱护。

故此西戎不为患，病魔亦不害人民。听见好话就采纳，虽无谏者亦兼听。

如今成人有德行，后生小子有培养。文王育人勤不倦，士子载誉皆俊秀。

大明

【原文】

明明在下，赫赫在上。天难忱斯，不易维王。
天位殷适，使不挟四方。①

挚仲氏任，自彼殷商，来嫁于周，曰嫔于京。
乃及王季，维德之行。大任有身，生此文王。②

维此文王，小心翼翼。昭事上帝，聿怀多福。
厥德不回，以受方国。③

天监在下，有命既集。文王初载，天作之合。
在洽之阳，在渭之涘。④

文王嘉止，大邦有子。大邦有子，伣天之妹。
文定厥详，亲迎于渭。造舟为梁，不显其光。⑤

有命自天，命此文王。于周于京，缵女维莘。
长子维行，笃生武王。保右命尔，燮伐大商。⑥

殷商之旅，其会如林。矢于牧野，维予侯兴。

上帝临女，无贰尔心。⑦

牧野洋洋，檀车煌煌，驷騵彭彭。
维师尚父，时维鹰扬，凉彼武王。
肆伐大商，会朝清明。⑧

【概意】

讲述周朝开国史诗，称赞周朝得天之助。

【注释】

①明明：光彩夺目的样子。在下：在人间。赫赫：明亮显著的样子。在上：在天上。忱：相信，信任。维王：为王。适：嫡子，此处指商纣王。挟：控制，占有。

②挚：古诸侯国名，故址在今河南汝南一带，任姓。仲：次女。自：来自。嫔（pín）：妇。一说嫁。京：周京。

③翼翼：恭敬谨慎的样子。昭：勤勉。事：服侍。聿：语气词，相当于“乃”，就。怀：招来。厥：相当于“其”，他的。回：邪僻。受：接受，承受，指周文王做了周国国君。

④监：监督，审察。在下：指周文王的德业。初载：初年，指年轻时。作：成。合：婚配。洽（hé）：水名，源出陕西合阳县，东南流入黄河，现在叫作金水河。阳：水的北面。渭：水名，黄河最大的支流，源于甘肃渭源县，经陕西，在潼关流入黄河。涘（sì）：涯，水边。

⑤嘉：美好。止：语气助词。一说“礼”，“嘉止”即嘉礼，婚礼。大邦：指殷商。子：未嫁的女子。伣（qiàn）：好比。天之妹：天上的美女。文：占卜的文辞。梁：桥，指连船为浮桥，以渡过渭水迎亲。不：通丕，大。光：荣耀。

⑥缵：续。莘（shēn）：国名，在今陕西合阳县一带，姒姓。文王又娶莘国之女，称太姒。长子：指伯邑考。行：离去，死亡，指伯邑考早年为殷纣王所杀。笃：发语词。保右：即保佑。命尔：指命令武王姬发。燮（xí）伐：即袭伐，袭击讨伐。

⑦旅：众，军队。会（kuài）：军旗。矢：同誓，誓师。牧野：地名，在今河南淇县一带，距离商都朝歌七十余里。予：我们，指周王朝。侯：乃，

才。兴：兴盛，胜利。临：仔细地看。女：同汝，指周武王率领的将士。无：同勿，不要。贰：同二，有二心。

⑧洋洋：广大的样子。檀车：檀木造的兵车。驷骠（sì yuán）：四匹赤毛白腹的驾辕骏马。彭彭：强壮有力的样子。师：太师，官名。尚父：指姜太公。时：是。鹰扬：勇猛奋发如雄鹰飞扬。凉：辅佐。肆伐：袭击讨伐。会朝：黎明。

【译文】

皇天施德在人间，明亮显赫在天上。天命难测又难信，把王做好也很难。
天命嫡子居王位，终又让他失四方。

挚国姓任的姑娘，也可算是殷商后。远嫁而来到周家，嫁给王季做新娘。
太任王季在一起，只做推行德政事。太任怀孕将生育，生下这位周文王。

这位伟大的文王，行事恭敬又谦让。勤勉努力事上天，带来无数的祥福。
他的德行真磊落，承受祖业做国君。

上天明察人世间，天命已成就文王。文王年轻的时候，上天作合好姻缘。
文王迎亲洽水北，就在渭水河岸边。

文王嘉礼喜洋洋，殷商美丽好姑娘。殷商美丽好姑娘，长得就像天仙样。
卜卦订婚都吉祥，文王亲迎渭水旁。造船相连作浮桥，婚礼隆重真荣光。

上天有命从天降，命令这位周文王。周原之地京都中，再娶莘国姒姓女。
长子亡故早离世，幸有武王好继承。皇天保佑命令他，协同诸国讨殷商。

殷商调来众军队，军旗插得像树林。文王誓师在牧野，只有我们最兴旺。
上帝照看众将士，不要二心有妄想。

牧野宽广阔无边，檀木战车鲜又明，驾车马儿真雄壮。
太师尚父姜太公，就像雄鹰展翅翔，近身辅佐周武王。
袭击殷商伐帝辛，会合朝见天下平。

绵

【原文】

绵绵瓜瓞，民之初生，自土沮漆。
古公亶父，陶复陶穴，未有家室。①

古公亶父，来朝走马，率西水浒，至于岐下。
爰及姜女，聿来胥宇。②

周原朊朊，堇荼如饴。爰始爰谋，爰契我龟。
曰止曰时，筑室于兹。③

迺慰迺止，迺左迺右。迺疆迺理，迺宣迺亩。
自西徂东，周爰执事。④

乃召司空，乃召司徒，俾立室家。
其绳则直，缩版以载，作庙翼翼。⑤

捄之陾陾，度之薨薨。筑之登登，削屡冯冯。
百堵皆兴，鼛鼓弗胜。⑥

迺立皋门，皋门有伉。迺立应门，应门将将。
迺立冢土，戎丑攸行。⑦

肆不殄厥愠，亦不陨厥问。柞棫拔矣，行道兑矣。
混夷駾矣，维其喙矣。⑧

虞芮质厥成，文王蹶厥生。
予曰有疏附，予曰有先后。
予曰有奔奏，予曰有御侮。⑨

瓜瓞

【概意】

周人自述其祖先古公亶父率领其迁国开基的历史。

【注释】

①绵绵：长而不绝的样子。瓜瓞（dié）：大的叫瓜，小的叫瓞。民：周民。土：杜，水名。一说居住。沮、漆：古水名，在今陕西省境内。亶父：周太王名。陶：挖掘。

②率：沿着。浒：水边。及：一说与，一说配。胥：视察。宇：居住地。

③周原：位于沮、漆之间。膴膴（wǔ）：肥沃的样子。堇（jǐn）：堇葵。一说乌头，附子。荼：苦菜。契：用刀刻龟骨占卜。曰：语气助词。止：居住。时：适宜。

④迺：同乃。慰：安定。左、右：东西排列。疆：划其疆界。理：分其条理。宣：布散其居。一说疏通沟渠。亩：整治田垄。徂（cú）：往，到。周：遍。

⑤司空：管营建之事的官。司徒：管土地和劳役的官。缩：用绳子捆绑。

版：筑墙用的筑版。栽：筑墙用的长板。翼翼：动作整齐的样子。

⑥捄（jiū）：把土装在筐里。陾陾（réng）：众多的样子。度：将土填在筑板里。薨薨（hōng）：众人一起填土的声音。登登：用力捣土的声音。削屡（lóu）：削去墙上高出的泥土。冯冯（píng）：削土的声音。鼛（gāo）：大鼓，长一丈二尺。

⑦皋门：王都的郭门。伉（kàng）：高。应门：王宫的正门。将将：庄严宏伟的样子。冢土：大社，祭祀社神的地方。戎：指昆夷，北方游牧民族，也叫犬戎。丑：对边远民族的蔑称。攸：所。

⑧肆：遂，于是。殄（tiǎn）：断绝。愠：怨愤。陨：废弃。问：名声。柞（zuò）：栎树。棫（yù）：白桵，丛生灌木。兑：通畅。混夷：西戎国名。駾（tuì）：受惊逃窜。喙（huì）：困。一说短气。

⑨虞：古国名，在今山西平陆。芮：古国名，在今陕西大荔。质：评断。蹶（guì）：感动。生：通性，善良的本性。疏附：使疏远的人归附。先后：前后辅佐相导。奔奏：同奔走。

【译文】

大瓜小瓜连绵绵，周族最初的时候，沮水漆水是老家。
古公亶父带领咱，挖个山洞就住下，那时没有居室的家。

古公亶父带领咱，从早赶着他的马，顺着西面的水边，来到岐山山脚下。
和他的姜氏夫人，找个地方做观察。

岐周土地真肥美，堇菜苦菜像糖甜。于是开始来商量，龟板占卜看吉祥。
说是此刻就停下，就在这儿盖起房。

安安稳稳住下来，或左或右把地分。经营田亩划疆界，挖沟泄水修田垄。
从西到东有田地，周边事情有管理。

召来司空管田地，叫来司徒管人工，吩咐他们造房屋。
拉紧绳子吊直线，绑上木板栽木桩，造座庄严大庙宇。

用筐运土一筐筐，填起土来人群群。筑土为墙声登登，削平墙土声平平。

百堵高墙同时起，打鼓声也听不见。

立起王都的郭门，郭门多么雄伟。立起王宫的正门，正门多么宏美。
大社坛也建起来，西戎丑类怎么行。

既不灭掉其怨愤，也不废掉其聘问。柞树棫树都拔去，打通往来的大路。
混夷望风相奔逃，只剩疲劳和困倦。

虞芮争吵求我评，文王感动其善性。
我说疏附有贤臣，我说分先后有良臣。
我说奔走有文臣，我说抗敌有武臣。

旱麓

【原文】

瞻彼旱麓，榛楛济济。
岂弟君子，干禄岂弟。①

瑟彼玉瓒，黄流在中。
岂弟君子，福禄攸降。②

鸢飞戾天，鱼跃于渊。
岂弟君子，遐不作人？③

清酒既载，骍牡既备。
以享以祀，以介景福。④

瑟彼柞棫，民所燎矣。
岂弟君子，神所劳矣。⑤

莫莫葛藟，施于条枚。
岂弟君子，求福不回。⑥

鸢

【概意】

赞扬周文王和乐平易，能够继承祖先之德，得上天保佑。

【注释】

①旱：山名，在今陕西省郑县附近。麓：山脚。榛：木名。楛（hù）：木名，和荆类似，红色。济济：众多。岂弟（kǎi tì）：即恺悌，和乐平易。君子：指周文王。干：求。

②瑟：光色鲜明的样子。玉瓒：天子祭祀时用的酒器。玉圭做柄，柄的一端是勺。黄：用黄金制成或镶金的酒勺。流：用黑黍和郁金草酿造配制的酒，用于祭祀。攸：所。

③鸢：老鹰。戾（lì）：至，到。遐：通胡，何。作：作成。

④骍（xīn）牡：红色的公牛。介：求。景：大。

⑤瑟：众多的样子。燎：焚烧，这里指烧柴祭天。劳：慰劳，保佑。

⑥莫莫：同漠漠，众多而没有边际的样子。葛藟：葛藤。施（yì）：伸展，蔓延。条枚：树枝和树干。回：邪僻。

【译文】

遥望旱山山脚下，榛树楛树多茂密。
和乐平易好君子，求福得福享和乐。

圭瓒酒器真鲜洁，金勺之中黄酒溢。
和乐平易好君子，天降福禄令人喜。

老鹰展翅飞上天，鱼儿摇尾跃在渊。
和乐平易好君子，怎会不去培养人？

清醇甜酒已斟满，红色公牛作牺牲。
用它祭祀献给神，用它求取大福分。

柞树棫树多繁密，百姓焚烧来祭神。
和乐平易好君子，神灵要把你保佑。

葛藤一片到处长，蔓延缠绕枝和干。
和乐平易好君子，求福有道不奸邪。

文王有声

【原文】

文王有声，遹骏有声。
遹求厥宁，遹观厥成。
文王烝哉！①

文王受命，有此武功。
既伐于崇，作邑于丰。
文王烝哉！②

筑城伊淢，作丰伊匹。
匪棘其欲，遹追来孝。
王后烝哉！③

王公伊濯，维丰之垣。
四方攸同，王后维翰。
王后烝哉！④

丰水东注，维禹之绩。
四方攸同，皇王维辟。
皇王烝哉！⑤

镐京辟雍，自西自东，
自南自北，无思不服。
皇王烝哉！⑥

考卜维王，宅是镐京。
维龟正之，武王成之。
武王烝哉！⑦

丰水有芑，武王岂不仕！
诒厥孙谋，以燕翼子。
武王烝哉！⑧

【概意】

歌颂周文王、周武王时期，周朝兴旺。

【注释】

①遹（yù）：遵循。骏：大。烝（zhēng）：赞美国君的词。

②于崇："于"本作"邘"，古国名，故地在今河南沁阳。崇，古国名，故地在今陕西户县，周文王曾讨伐崇侯虎。丰：故地在今陕西安沣水西岸。

③淢（xù）：护城河。棘：急。王后：指周文王。

④公：同功。濯（zhuó）：光大。翰：主干。

⑤辟：君。

⑥镐（hào）：周武王建立的西周国都，故地在今陕西西安沣水以东的昆明池北岸。辟雍（bì yōng）：西周王朝所建的天子行礼奏乐的离宫。

⑦宅：选择，此处指择吉祥之地营建宫室。

⑧仕：事。诒：遗。

【译文】

文王有着好名声，遵循大业名声响。
但求天下能安宁，展现功业去完成。
文王真个是明王！

文王承受上天命，得此武道大功勋。
举兵攻克那崇国，建立丰邑真漂亮。
文王真个是明王！

挖好城池筑城墙，建立丰邑要配牢。
不贪私欲品行正，用心尽孝为周邦。
文王真个是明王！

文王功绩自昭彰，犹如丰邑高垣墙。
四方诸侯来依附，君王骨干是栋梁。
文王真个是明王！

丰水奔流向东方，大禹功绩不可忘。
四方诸侯来依附，大王树立好准则。
文王真个是明王！

镐京附近建离宫，从西方来到东方，
从南方来到北方，没人不服我周邦。
文王真个是明王！

占卜我王求吉祥，定都镐京好地方。
依靠龟卜定决断，武王能够建成它。
武王真个是明王！

丰水边上芑草好，武王任重岂不忙！
治国策略留子孙，庇荫子孙把福享。
武王真个是明王！

大雅·生民之什

生民

【原文】

厥初生民，时维姜嫄，生民如何？
克禋克祀，以弗无子。履帝武敏歆，攸介攸止，
载震载夙，载生载育，时维后稷。①

诞弥厥月，先生如达。不坼不副，无菑无害。
以赫厥灵，上帝不宁。不康禋祀，居然生子。②

诞寘之隘巷，牛羊腓字之。诞寘之平林，会伐平林。
诞寘之寒冰，鸟复翼之。鸟乃去矣，后稷呱矣。
实覃实讦，厥声载路。③

诞实匍匐，克岐克嶷，以就口食。
蓺之荏菽，荏菽旆旆。禾役穟穟，麻麦幪幪，瓜瓞唪唪。④

诞后稷之穑，有相之道。茀厥丰草，种之黄茂。
实方实苞，实种实褎，实发实秀，实坚实好，
实颖实栗，即有邰家室。⑤

诞降嘉种，维秬维秠，维穈维芑。

恒之秬秠，是获是亩；
恒之穈芑，是任是负。
以归肇祀。⑥

诞我祀如何？
或舂或揄，或簸或蹂；释之叟叟，烝之浮浮；
载谋载惟，取萧祭脂。取羝以軷，载燔载烈。
以兴嗣岁。⑦

卬盛于豆，于豆于登，其香始升。
上帝居歆，胡臭亶时。
后稷肇祀，庶无罪悔，以迄于今。⑧

稻麦

【概意】

追述始祖后稷的事迹。

【注释】

①姜嫄（yuán）：传说中有邰氏之女，周始祖后稷的母亲。克：能。禋（yīn）：古代祭天的典礼，先烧柴升烟，再加牺牲和玉帛在柴上焚烧。弗：一种祭祀的典礼，除灾求福的祭祀。履：践，踏。帝：上帝。武：足迹。敏：

通拇，大拇趾。歆：心有所感的样子。攸：语气助词。介：通祄，神保佑。止：通祉，神降临。

②诞：到了。弥：终。指怀胎足月。先生：第一胎。达：滑利。不：一说语词。坼（chè）：分裂。副（bì）：分离。菑："灾"的古字。赫：显示；显耀。不宁：大宁。不，通丕，大。不康：丕康，大康。

③寘（zhì）：抛弃。腓（féi）：庇护。字：哺育。平林：大森林。会：恰好。实：是。覃：长。讦：大。载：充满。

④ 匍匐：伏地爬行。岐：知意。嶷（ní）：识。就：往。口食：生活资料。蓺：同艺，种植。荏菽：大豆。旆旆（pèi）：草木茂盛的样子。役：通颖，禾苗的末端。穟穟（suì）：稻穗下垂的样子。幪幪（měng）：茂盛的样子。瓞（dié）：小瓜。唪唪（běng）：果实累累的样子。

⑤穑（sè）：耕种。有相之道：有相地的能力，也就是说有选择土地，辨别好坏的能力。茀（fú）：拔掉。黄：嘉谷。茂：美。方：同放，萌芽开始冒出地面。苞：幼苗丛生。种：禾芽开始长出来。褎（yòu）：长，这里指禾苗渐渐长高。发：禾苗发兜。秀：扬花。颖：禾穗末梢下垂。栗：收获众多。邰（yí）：养。

⑥降：赐予。秬：黑黍。秠（pī）：黍的一种，一个黍壳中含有两粒黍米。穈（mén）：红米。芑（qǐ）：白米。恒：遍。亩：堆在田里。任：挑。负：背。肇：开始。祀：祭祀。

⑦揄（yóu）：舀，从臼中取出舂好的米。簸：扬去米糠。蹂：用手搓去剩余的谷皮。释：淘米。叟叟：淘米的声音。烝：同蒸。浮浮：蒸饭的热气上升的样子。惟：考虑。萧：香蒿。脂：牛油。羝（dī）：公羊。軷（bá）：剥去羊皮。燔（fán）：把肉放在火上烤。烈：把肉穿起来放在火上烤。兴：兴旺。嗣岁：来年。

⑧卬（yǎng）：举。豆：古代的一种高脚容器，木制。登：古代一种瓦制食器。居歆：为歆，来享受。臭：香气。亶：诚然。时：善，好。

【译文】

周人的开始，是源于姜嫄这女子，先民如何生下来？

祷告神灵祭天帝，祈求生子免无嗣。踩上天帝脚拇指印，佑护神降临。

胎儿时动时静，生下胎儿好养育，孩子就是后稷。

等到怀胎足月，头胎分娩很顺利。胎衣破裂胎盘分离，无患无灾。

他的神灵很显耀，上帝心中不安宁。安心来把祭祀享，庆幸果然生儿郎。

新生婴儿弃窄巷，牛羊爱护喂养他。新生婴儿扔山林，遇上樵夫被救起。

又放婴儿在冰上，大鸟羽翅温暖他。大鸟终于飞去了，后稷这才哇哇啼。

哭声又长又洪亮，满路都是他声音。

后稷已会四处爬，又懂事来又聪明，觅食吃饱有本领。

不久后稷种大豆，大豆长得好。种禾嫩苗青，种麻种麦长得旺，种瓜累累果实多。

后稷耕田又种地，辨明土质有门道。茂密杂草全除去，挑选嘉苗播种好。

不久吐芽出新苗，禾苗细细往上冒。渐渐拔节又扬花，谷粒饱满又结实。

禾穗沉沉收成好，颐养家室就靠它。

上天关怀赐良种，不仅黑黍还有麦，红米白米也都全。

黑黍麦子遍地生，收割堆砌一垛垛。

红米白米遍地生，扛着背着收获忙。

忙完农活祭祖先。

祭祀先祖怎个样?

或舂谷来或舀米，或簸粮来或筛糠。淘米声音沙沙响，蒸饭喷喷热气扬。

筹备祭祀来谋划，香蒿牛脂燃芬芳。大肥公羊剥了皮，又烧又烤供神享。

祈求来年更丰穰。

祭品装在碗盘中，装了木碗装瓦盆，香气升腾满厅堂。

上帝因此来受享，香气又大又好闻。

后稷始创祭享礼，求神佑护祸莫降，一直延续到如今。

公刘

【原文】

笃公刘，匪居匪康，迺埸迺疆。
迺积迺仓，迺裹餱粮，于橐于囊。思辑用光。
弓矢斯张，干戈戚扬，爰方启行。①

笃公刘，于胥斯原，既庶既繁。
既顺迺宣，而无永叹。陟则在巘，复降在原。
何以舟之？维玉及瑶，鞞琫容刀。②

笃公刘，逝彼百泉，瞻彼溥原。
迺陟南冈，乃觏于京。
京师之野，于时处处，于时庐旅，于时言言，于时语语。③

笃公刘，于京斯依，
跄跄济济，俾筵俾几。既登乃依，乃造其曹，
执豕于牢，酌之用匏。食之饮之，君之宗之。④

笃公刘，既溥且长，既景迺冈，相其阴阳，观其流泉。
其君三单；度其隰原，彻田为粮，度其夕阳，豳居允荒。⑤

笃公刘，于豳斯馆。
涉渭为乱，取厉取锻。止基乃理，爰众爰有。
夹其皇涧，溯其过涧，止旅迺密，芮鞫之即。⑥

【概意】

叙述公刘由邰迁居到豳地，开疆创业并发展农业的历史。

【注释】

①笃：诚实忠厚。匪居匪康：不贪图居处的安宁。迺：乃。埸（yì）：田

界，疆界。积：粮食露天堆积。仓：放进仓库。餱粮：干粮。橐（tuó）：袋子。辑：和睦。用光：以为荣光。张：准备。干：盾牌。戚：斧。扬：钺，大斧头。爰：发语词。方：始。

②胥：相，察看。原：原野。庶、繁：人口众多。顺：民心归顺。宣：舒畅。陟：登上。巘（yǎn）：小山。舟：佩戴。瑶：玉。鞞琫（bǐng běng）：刀鞘上的装饰物。容刀：佩刀。

③逝：往。溥（pǔ）：广大。觏：察看。庐旅：房舍。

④跄跄：步趋有节的样子。济济：庄严恭敬的样子。俾：使。筵：铺在地上坐的席子。几：放在席子上的小桌。曹：祭猪神。牢：猪圈。酌之：指斟酒。匏（páo）：这里指葫芦剖成瓢，古称匏爵。君之：当君主。宗之：当族主。

⑤景：通影，这里指根据日影测量。冈：山冈，这里指登上山岗瞭望。阴阳：山北水南称为阴，山南水北称为阳。三单（shàn）：相袭，相代。度：测量。隰（xí）原：低平之地。彻：治理，开发。夕阳：山的西边。允荒：确实广大。

⑥渭：渭水，源出甘肃渭源县北鸟鼠山，流经陕西境内，入黄河。厉：通砺，磨刀石。锻：打铁，这里指打铁用的石锤。众：人口增加。有：物产丰富。皇涧、过涧：豳地水名。止旅迺密：来定居的人口越来越稠密。芮鞫（ruì jū）之即：皇涧、过涧流域定居满，又向水涯处发展。

【译文】

诚信忠厚好公刘，不图安居和享受，划分田界和地界。
露天粮食堆进仓，包起干粮备远游。大袋小袋都装满，大家团结有光荣。
佩起弓箭执戈矛，盾牌刀斧都拿好，于是开始去远方。

诚信忠厚好公刘，察看豳地好田原，人口又多又繁荣。
顺从民意心舒畅，没有叹息不烦忧。忽登山顶远远望，忽下平原细细看。
身上佩戴着什么？是那美玉和琼瑶，和那漂亮的佩刀。

诚信忠厚好公刘，沿着溪水岸边走，远望广阔的原野。
登上山丘放眼量，京地美景收眼底。
京地四野多肥沃，在此处处皆可居，在此可以住下来，在此说说又笑笑，在此笑笑又说说。

诚信忠厚好公刘，定都京地依居后。
行走有节众执事，摆好席子和小桌。宾主依次依坐定，先祭猪神求保祐。圈里捉猪做佳肴，再用瓢儿酌美酒。吃饱喝足情绪好，推选公刘为领袖。

诚信忠厚好公刘，土地开辟宽又长，丈量平原和山丘，山南山北测一周，勘明水源与水流。组织军队征兵法，勘察低地开深沟，开荒种粮治田畴。再到西山仔细看，豳地真是实在大。

忠厚我祖好公刘，定居豳地筑宫馆。
横渡渭水来施工，砺石锻石任取求。块块基地治理好，人口众多物富有。皇涧两岸人住下，过涧源头人口稠。移民定居人众多，水涯两岸也住满。

行苇

【原文】

敦彼行苇，牛羊弗践履。方苞方体，维叶泥泥。
戚戚兄弟，莫远具尔。或肆之筵，或授之几。①

肆筵设席，授几有缉御。或献或酢，洗爵奠斝。
醓醢以荐，或燔或炙。嘉殽脾臄，或歌或咢。②

敦弓既坚，四鍭既钧。舍矢既均，序宾以贤。
敦弓既句，既挟四鍭。四鍭如树，序宾以不侮。③

曾孙维主，酒醴维醹。酌以大斗，以祈黄耇。
黄耇台背，以引以翼。寿考维祺，以介景福。④

【概意】

歌颂周王室睦亲敬老，仁及草木。

【注释】

①敦（tuán）：草丛生的样子。行（háng）苇：芦苇生长在路两旁。方：刚刚，始。苞：含苞。体：成形。泥泥：茂盛。一说叶子润泽的样子。戚戚：亲热。远：疏远。具：通俱。尔：同迩，近。肆：陈设。筵：竹席。几：矮脚的桌案。

②缉：续。御：服侍。献：主人对客人敬酒。酢（zuò）：客人拿酒回敬。爵：古代三足酒器，青铜铸成。奠斝（jiǎ）：献酒。周朝礼制，主人敬的酒客人喝完后，把杯子放在几上；客人回敬主人，主人喝完后也把杯子放在几上。醓（tǎn）：多汁的肉酱。醢（hǎi）：肉酱。荐：进献。脾：通膍，牛胃，俗称牛百叶。臄（jué）：牛舌。咢（è）：只击鼓不伴唱。

③敦弓：雕弓。鍭（hóu）：一种箭，金属箭头，鸟羽箭尾。钧：合乎标准。舍矢：放箭。均：射中。序宾：安排宾客在宴席上的座位次序。句（gōu）：张。树：竖立，指箭射在靶子上像树立着一样。侮：怠慢。

④曾孙：指宴会主人。醴：甜酒。醹（rú）：醇厚。斗：古酒器。黄耇（gǒu）：长寿。台背：指老态龙钟的样子。引：牵引，指搀扶。翼：在旁，指扶持。寿考：长寿。祺：吉祥。介：求。景：大。

【译文】

芦苇丛生长路旁，别让牛羊把它踩。芦苇含苞长成形，叶儿润泽有光彩。
相亲相爱同胞兄，不要疏远要亲近。铺好竹席摆好宴，端上小桌摆面前。

铺席开宴请客坐，桌旁有人在侍候。主宾酬酢共畅饮，洗杯献杯兴致高。
肉汁肉酱请客尝，烧肉烤肉滋味好。佳肴牛胃和牛舌，唱歌击鼓气氛好。

雕弓拉满很坚劲，四支利箭合标准。发箭一射中靶心，射技高下座次分。
雕弓已经都拉满，利箭四支手持定。四箭射中立靶上，宾客序坐不轻慢。

曾孙是宴会主人，甜酒味道真香醇。斟满大杯来敬上，祝贺老人寿高长。
龙钟体态步蹒跚，侍者左右来搀扶。长寿吉祥是祥瑞，请赐大福给大家。

卷阿

【原文】

有卷者阿，飘风自南。
岂弟君子，来游来歌，以矢其音。①

伴奂尔游矣，优游尔休矣。
岂弟君子，俾尔弥尔性，似先公酋矣。②

尔土宇昄章，亦孔之厚矣。
岂弟君子，俾尔弥尔性，百神尔主矣。③

尔受命长矣，茀禄尔康矣。
岂弟君子，俾尔弥尔性，纯嘏尔常矣。④

有冯有翼，有孝有德，以引以翼。
岂弟君子，四方为则。⑤

颙颙卬卬，如圭如璋，令闻令望。
岂弟君子，四方为纲。⑥

凤凰于飞，翙翙其羽，亦集爰止，
蔼蔼王多吉士，维君子使，媚于天子。⑦

凤凰于飞，翙翙其羽，亦傅于天。
蔼蔼王多吉人，维君子命，媚于庶人。⑧

凤凰鸣矣，于彼高冈。梧桐生矣，于彼朝阳。
菶菶萋萋，雝雝喈喈。⑨

君子之车，既庶且多。君子之马，既闲且驰。
矢诗不多，维以遂歌。⑩

凤凰

【概意】

周召康公劝诫成王求贤用贤。

【注释】

①卷（quán）：卷曲。阿：大土山。飘风：旋风。岂弟（kǎi tì）：即“恺悌”，和乐平易。矢：陈，发出。

②伴奂：优游闲暇，无拘无束。优游：从容自得的样子。俾：使。尔：指周天子。弥：终，尽。性：同生，生命。似：同嗣，继承。酋：同猷，谋划。

③土宇：土地屋宅。昄（bǎn）章：版图。孔：很。主：主祭。

④茀：通福。康：安康。纯：大。嘏（gǔ）：赐福。

⑤冯（píng）：依。翼：庇护，辅助。则：标准。

⑥颙颙（yōng）：庄重恭敬。卬卬（áng）：气宇轩昂。圭：古代玉制礼器，长条形，上端尖。令：美好。闻：声誉。

⑦翙翙（huì）：鸟展开翅膀振动的声音。爰：而。蔼蔼：人多又有威仪。吉士：贤良之士。媚：爱戴。

⑧傅：至。

⑨菶菶（běng）：草木茂盛的样子。雝雝（yōng）、喈喈（jiē）：鸟叫的

声音。

⑩庶：多。闲：娴熟。不多：很多。遂：对。

【译文】

卷卷曲曲大土山，疾风从南吹过来。和乐平易的君子，出来畅游又歌唱，陈述他的美德来。

漫游悠闲又从容，休息自得又无拘。和乐平易的君子，使你终享天年，继承先公建功业。

你的版图彰明显，亦是美好且深厚。欢乐友爱的君子，使你更加舒情性，百神为你作主张。

你受天命长久兮，福禄使你安康兮。欢乐友爱的君子，使你更加舒情性，美好祝福经常兮。

有凭借兮有遮护，有继承兮有规律。亲引导兮以遮护。欢乐友爱的君子，四方以你做法则。

温和恭顺人仰仗，有如玉圭如玉璋，令人喜闻令人望。欢乐友爱的君子，四方用以为纪纲。

凤凰高空来飞翔，张开羽翅振翅响，欲集聚兮改逗留。众多王朝多贤士，只供君子来驱使，共同敬爱天之子。

凤凰高空来飞翔，张开羽翅振翅响，高空飞翔上了天。众多王朝多贤士，只听君子来命令，亲爱众人和善士。

凤凰高声把歌唱，声音响彻高岗上，梧桐挺拔来生长。全身沐浴向朝阳，枝儿繁兮叶儿茂，和谐之音声悠扬。

君子有那华丽车，既是众兮又是多。君子有那美骏马，娴熟善奔好乘坐。陈述之诗好又多，首首都是好颂歌。

大雅·荡之什

云汉

【原文】

倬彼云汉，昭回于天。王曰於乎，何辜今之人？
天降丧乱，饥馑荐臻。靡神不举，靡爱斯牲。
圭璧既卒，宁莫我听？①

旱既大甚，蕴隆虫虫。不殄禋祀，自郊徂宫。
上下奠瘗，靡神不宗。后稷不克，上帝不临。
耗斁下土，宁丁我躬？②

旱既大甚，则不可推。兢兢业业，如霆如雷。
周馀黎民，靡有孑遗。昊天上帝，则不我遗。
胡不相畏，先祖于摧？③

旱既大甚，则不可沮。赫赫炎炎，云我无所。
大命近止，靡瞻靡顾。群公先正，则不我助。
父母先祖，胡宁忍予？④

旱既大甚，涤涤山川。旱魃为虐，如惔如焚。
我心惮暑，忧心如熏。群公先正，则不我闻。
昊天上帝，宁俾我遯？⑤

旱既大甚，黾勉畏去。胡宁瘨我以旱，憯不知其故？
祈年孔夙，方社不莫。昊天上帝，则不我虞。
敬恭明神，宜无悔怒。⑥

旱既大甚，散无友纪。鞫哉庶正，疚哉冢宰。
趣马师氏，膳夫左右，靡人不周，无不能止。
瞻卬昊天，云如何里？⑦

瞻卬昊天，有嘒其星。大夫君子，昭假无赢。
大命近止，无弃尔成。何求为我，以戾庶正。
瞻卬昊天，曷惠其宁？⑧

【概意】

周宣王时连年旱灾，民不聊生、国家危亡，举行祭祀向众神呼救。

【注释】

①倬（zhuō）：大。云汉：天河。昭：光。回：转。於（wū）乎：同呜呼，感叹词。辜：罪。荐臻：接连而来。靡：无，没有。举：祭。爱：吝啬。牲：祭祀用的牛羊猪等。圭、璧：古玉器，周人祭祀用的玉器，祭祀天神时焚玉，祭祀山神时埋玉，祭祀水神时沉玉，祭祀人鬼时藏玉。宁：乃。

②蕴隆：暑气郁积得厉害。虫虫：热气蒸熏的样子。蕴指暑，隆指雷，虫虫指热。殄（tiǎn）：断绝。禋（yīn）祀：祭祀天神的典礼。宫：祭天的坛。奠：陈列祭品。瘗（yì）：把祭祀品埋在地下以祭祀地神。宗：尊敬。克：能。斁（dù）：败坏。丁：遭逢。

③兢兢：恐惧的样子。业业：危恐的样子。黎：众。孑遗：遗留。遗（wèi）：赠送。摧：灭。

④云：遮挡。大命：死亡之期。群公：先世诸侯。先正：先世卿士。

⑤涤涤：无草木光秃秃的样子。旱魃：旱神。惔（tán）：火烧。熏：灼烧。闻（wèn）：恤问。遯：逃遁。一说困。

⑥黾勉：勉力。瘨（diān）：病。憯（cǎn）：曾。祈年：指初春祈谷于上帝，初冬祈来年于天宗的祭祀活动。孔夙（sù）：很早。方：祭祀四方之神。社：祭祀土神。莫：古暮字，晚。虞：助。

⑦友：通有。纪：纲纪法度。鞫（jū）：穷困。庶正：众官之长。疚：忧苦。冢宰：周代官名，百官之长，相当于后世的宰相。趣马：掌管马匹的官。师氏：教导王官贵族子弟的官。膳夫：掌管周王、后妃饮食的官。左右：左右的大夫、士等官。卬（yǎng）：仰。

⑧嘒：小而众多的样子。昭假：指祭祀。无赢：没有差错。成：功。戾：定。曷：何时。惠：赐。

【译文】

银河高远广大，星光闪耀运转在天。周王发出“唉唉”叹息，当世黎民有何罪？

上天降下死丧祸乱，饥饿灾荒接二连三。没有神灵不祭祀，没有吝惜那牺牲。

礼神圭璧已用完，神灵还是对我不闻？

旱情已经非常严重，暑气隆隆大地烧灼。没有断绝祭祀，祭天处所远在郊宫。

祀天祭地奠埋祭品，天地诸神无不敬奉。祖宗后稷难救黎民，昊天上帝不临下土。

人间遭此大害，难道大难正落在我身上？

旱情已经非常严重，想要推开不可能。害怕危险心忧惧，正如头上落雷霆。

周地的百姓，现在几乎无所剩。高高苍天威威上帝，竟无一物相赐赠。

怎能不心怀忧恐，先祖神灵将要受损！

旱情已经非常严重，没有办法可以阻止。烈日炎炎暑气盛，哪里还有遮荫处。

死亡之期已经临近，无暇看前看后。诸侯公卿众位神灵，不肯前来佑助我。

父母先祖灵在天，为何忍看我受苦？

旱情已经非常严重，山秃河干草木枯。旱神逞凶肆虐，遍地像大火烧。

我心畏惧暑热，忧心忡忡像火熏。诸侯公卿众位神灵，对我祷告不闻。

高高苍天威威上帝，难道要使我长受困？

旱情已经非常严重，勉力祈祷求上苍。为何降下大旱残害我，真不知是何故？

祈年之礼举行很早，祭四方祭社神也未迟。高高苍天威威上帝，竟然不肯帮助我。

一向恭敬诸位神明，应该没有触犯众神怒。

旱情已经非常严重，百姓饥荒离散乱纪纲。各位官长穷尽智力，宰相忧苦无法可想。

驯马官教育官，饮食官士大夫。没有一人不愿周济，可是无人能止灾荒。

仰望苍天晴朗无云，让我如何不忧伤？

仰望苍天，众星闪闪布满天。公卿大夫众位君子，祷告上苍无差错。

死亡之期已经临近，继续祈祷不要放弃。祈雨不是为我，全为安定众官之心。

仰望苍天默默祈祷，何时才能赐我安宁？

召旻

【原文】

昊天疾威，天笃降丧。
瘨我饥馑，民卒流亡，我居圉卒荒！①

天降罪罟，蟊贼内讧。
昏椓靡共，溃溃回遹，实靖夷我邦。②

皋皋訿訿，曾不知其玷。
兢兢业业，孔填不宁，我位孔贬。③

如彼岁旱，草不溃茂，如彼栖苴。
我相此邦，无不溃止。④

维昔之富不如时，维今之疚不如兹。
彼疏斯粺，胡不自替？职兄斯引。⑤

池之竭矣，不云自频。泉之竭矣，不云自中。
溥斯害矣，职兄斯弘，不灾我躬！⑥

昔先王受命，有如召公。
日辟国百里，今也日蹙国百里。
於乎哀哉！维今之人，不尚有旧！⑦

【概意】

讽刺周幽王任用奸佞，胡作非为，以致政败国亡。

【注释】

①昊（hào）天：泛指天。瘨（diān）：病。一说降灾。圉（yǔ）：边境。

②罪罟（gǔ）：罪网。罟，捕鱼的网。蟊（máo）贼：贼人。昏椓（zhuó）：昏乱馋毁，一说指阉人。共：供职。溃溃：乱。回遹：邪僻。靖夷：平定。

③皋皋：顽固。訿訿（zǐ）：诽谤。

④溃茂：茂盛。苴（chá）：水中浮草。一说枯草。相：察看。溃：溃乱。

⑤时：今时。疚：贫穷。疏：糙米。粺（bài）：精米。替：废、退。职：只。兄（kuàng）：况。引：引退。

⑥自：由。频：滨，比喻外无贤臣。中：内，比喻内无贤妃。溥（pǔ）：普遍。

⑦先王：指武王、成王。蹙（cù）：缩小，紧迫。旧：旧臣。一说旧的事功。

【译文】

上天暴虐难提防，接连降灾使人丧。
遍地饥荒伤人重，十室九空尽流亡，我的住处尽荒芜！

天降罪网真严重，贼人相争起内讧。
阉人乱政不供职，昏愦邪僻多冤枉，实是把国来断送。

欺诈诽谤又懒惰，却不自知有污点。
君子兢兢又业业，一直对此心不安，可惜职位太低贱。

好比干旱年头到，地里百草不丰茂，像那枯草歪又倒。
我看这个国家，崩溃灭亡免不了。

昔日富裕不像今日穷，今日时弊不如往昔少。
人吃粗粮他吃白米，何不自己告退？情况越来越严重。

池水枯竭了，不说水从滨外来。泉水枯竭源头断，岂不开始在中间。
这场灾害已遍地，这种情况在扩大，灾难不向我身来！

往昔先王受命为君，辅佐贤臣有召公。
当初日辟百里地，如今日减百里中。
可叹可悲呀！不知如今满朝人，是否还有旧忠臣！

烝民

【原文】

天生烝民，有物有则。民之秉彝，好是懿德。
天监有周，昭假天下。保兹天子，生仲山甫。①

仲山甫之德，柔嘉维则。令仪令色，小心翼翼。
古训是式，威仪是力。天子是若，明命使赋。②

王命仲山甫，式是百辟。缵戎祖考，王躬是保。
出纳王命，王之喉舌。赋政于外，四方爰发。③

肃肃王命，仲山甫将之。邦国若否，仲山甫明之。
既明且哲，以保其身。夙夜匪解，以事一人。④

人亦有言，柔则茹之，刚则吐之。
维仲山甫，柔亦不茹，刚亦不吐。
不侮矜寡，不畏强御。⑤

人亦有言，德輶如毛，民鲜克举之。
我仪图之，维仲山甫举之，爱莫助之。
衮职有缺，维仲山甫补之。⑥

仲山甫出祖，四牡业业。征夫捷捷，每怀靡及。
四牡彭彭，八鸾锵锵。王命仲山甫，城彼东方。⑦

四牡骙骙，八鸾喈喈。仲山甫徂齐，式遄其归。
吉甫作诵，穆如清风。仲山甫永怀，以慰其心。⑧

【概意】

周宣王时，尹吉甫送仲山甫往齐地筑城，作诗赞美仲山甫才德出众。

【注释】

①烝：众。物：事物。则：指内在的法则。彝：常理，常道。懿德：美德。假：至。仲山甫：人名，周的诸侯之一。

②式：效法。若：选择。赋：传布。

③辟：君，这里指诸侯。王躬：指周王。出纳：受命和传命。爰发：乃行，即才听从。

④肃肃：严肃郑重的样子。将：行，施行。若否：好坏。解：懈怠。

⑤茹（rú）：吃。矜：老而无妻。强御：强悍。

⑥輶（yóu）：轻。鲜：少。克：能。仪图：揣度。衮（gǔn）：君王绣龙

图案的衣服，这里代指王。

⑦祖：祭祀路神。业业：高大的样子。捷捷：马轻快地跑的样子。彭彭：拟声词，形容马蹄声音杂沓的样子。

⑧骙骙（kuí）：拟声词，形容马蹄声。鸾：系在马车上的响铃。锵锵：拟声词，形容铃声。喈喈：拟声词，形容车铃声。徂（cú）：往。遄 (chuán)：速。吉甫：尹吉甫，周宣王时的大臣。穆：和美。清风：清风化养万物，这里用清风来比喻称颂有德才的人。永：长久。怀：思念。

【译文】

上天生下众民，有事物就有法则。人的常性生来，就是追求美善。

上天临视周朝，昭明的德行施于众人。保佑周天子，生下仲山甫来辅佐。

仲山甫的美德，温和善良有原则。仪态端庄好脸色，小心谨慎真负责。

遵从古训不出格，做事勉力合威仪。天子选他做大臣，颁布王命辅施政。

周王命令仲山甫，要做诸侯的楷模。继承祖先的事业，辅佐天子的业绩。

出令受命你传达，天子喉舌责任重。发布政令告朝外，四方听命都遵从。

严肃对待王命令，仲山甫全力来推行。国内政事好与坏，仲山甫心里都明白。

既明事理又聪慧，善于应付保自身。从早到晚不懈怠，侍奉周王一人责。

有句老话说：柔软的人吃掉他，刚强的人吐出他。

只有仲山甫，柔软的人不吃他，刚强的人不吐他。

鳏夫寡妇他不欺，强横暴虐他不怕。

有句老话说：德行如毛羽轻，却少有人能高举。

我细细思量，唯有仲山甫能举起，可惜别人难相助。

天子龙袍有破缺，唯有仲山甫能补。

仲山甫出行祭路神，四匹公马壮又强。跟随的人匆匆行，常念王命未完成。

公马奋蹄彭彭响，八只鸾铃响当当。周王命令仲山甫，筑修城墙赴东方。

四匹公马蹄不停，八只鸾铃响当当。仲山甫到齐国去，早日完工回朝廷。

吉甫作了这篇颂，德行和美如清风。长久怀念仲山甫，用来安慰他衷肠。

诗经（插图版）

颂

“颂者，美盛德之形容，以其成功告于神明者也”，“颂”是用于宗庙祭祀的乐歌，其特点是配有音乐又有舞蹈。总体来说，颂的音乐是有节度的。

周颂·清庙之什

清庙

【原文】

於穆清庙，肃雍显相。
济济多士，秉文之德。
对越在天，骏奔走在庙，
不显不承，无射于人斯！

【概意】

祭祀文王的颂歌。

【注释】

於：叹词。穆：美好。清庙：祭文王之庙。肃：严肃。雍：和顺。显：显赫。相：助祭的公卿诸侯。济济：众多。多士：祭祀时承担各种事务的官吏。秉：秉承。文之德：文王的德行。对越：对扬。在天：文王的在天之灵。骏：快。不：语助词。射：同斁，厌。

【译文】

啊，美好的清庙，助祭的公卿庄重又显耀。
众多官吏济济一堂，都秉承文王的美德。
颂扬文王的在天之灵，快些奔走在宗庙，
极大地彰显长久的继承，文王永远不被人们忘掉！

烈文

【原文】

烈文辟公，锡兹祉福，
惠我无疆；子孙保之。
无封靡于尔邦，维王其崇之。
念兹戎功，继序其皇之。
无竞维人，四方其训之。
不显维德，百辟其刑之。
於乎前王不忘！

【概意】

周成王即政，众诸侯助祭祖先。

【注释】

烈：功。文：德。辟（bì）公：君公，文王起初不称王，为诸侯之一。锡：赐。封：大。靡：罪。崇：尊重。戎功：大功。皇：辉煌，光大。无：语气助词。训：导。不：通丕，大。百辟：指众诸侯。刑：通型，榜样。

【译文】

有功烈文德的君公，赐给我们福泽安康，
惠爱我们无边尽，子子孙孙永安保。
你治国不要造大罪，谨记尊崇周文王。
思念先祖的大业，继承发扬光大其光芒。
最重要的是贤人，你是四方的引导。
能光显的唯美德，你是诸侯的榜样。
啊，先王楷模万世不忘！

时迈

【原文】

时迈其邦，昊天其子之。实右序有周，
薄言震之，莫不震叠。
怀柔百神，及河乔岳。允王维后。
明昭有周，式序在位，
载戢干戈，载櫜弓矢。
我求懿德，肆于时夏。允王保之。

【概意】

武王周公巡视诸侯，祭祀山川百神。

【注释】

时：按时。迈：行。邦：诸侯国家。子：视为儿子。右：同佑，保佑。薄：语助词。震叠：震动恐惧。百神：天地山川的众神。河：黄河，这里指黄河神。乔岳：高山，这里指山神。允：确实。王：周武王。维：为。后：君，王。明昭：显著，发扬光大。式：发语词。序：顺序，依次。戢（jí）：收藏。干戈：古代兵器。干，盾。櫜（gāo）：古代装弓箭的皮袋。懿德：美德，这里指文治教化。肆：施行。夏：华夏，指中国，周武王统治的地域。保：保持天命，保持先祖的功业。

【译文】

按时巡视诸侯国，上天待周如爱子。诚心保佑周朝运昌，
周王声威震天下，无不震动受惊慌。
祭祀四方山川神，连及河神岳神。武王不愧是国君，
光明显耀我周朝，百官依次列在位，
干戈武器都聚拢，良弓利箭装进囊。
我求先王好德行，遍施华夏各地方，周王保持永不忘。

周颂·臣工之什

臣工

【原文】

嗟嗟臣工！敬尔在公。
王釐尔成，来咨来茹。
嗟嗟保介！维莫之春，
亦又何求？如何新畬？
於皇来牟，将受厥明。
明昭上帝，迄用康年。
命我众人：庤乃钱镈，奄观铚艾。

【概意】

周成王庙祭后，告诫诸侯农官即时治田以备丰收。

【注释】

嗟嗟：叹词，两个一起使用表示加重语气。臣工：群臣百官。一说管理田地的官。敬，勤谨。在公：为公家工作。釐（lài）：通赉，赐。成：谷熟为成。咨：谋，商量。茹：调度。保介：保护田界之人，田官。莫（mù）：古“暮”字，暮春。又：有。新畬（yú）：耕种两年的田叫新，耕种三年的田叫畬。皇：美。厥：其，代指将要成熟的麦子。明：成，熟。明昭：明智而洞察一切的样子。迄用：终于。康年：丰年。庤（zhì）：储备。钱（jiǎn）：农具，挖土用，类似铁铲、铁锹。镈（bó）：农具，锄草用，类似锄头。铚（zhì）：农具，一种短小的镰刀。艾：割。

【译文】

喂，喂，群臣百官！你们勤快谨慎地从事公务。
王赐给你们收成，你们要好好商量研究调度。
喂，喂，田官！正是暮春时节，
还有什么事要谋划？该考虑怎样整治新田畲田了吧？
啊，多茂盛的麦子，将要获得好收成了。
光大明察的上帝，终于赐给丰年。
命令我的农人们：收好你们的农具，去察看镰刀割麦收成。

振鹭

【原文】

振鹭于飞，于彼西雝。
我客戾止，亦有斯容。
在彼无恶，在此无斁。
庶几夙夜，以永终誉。

【概意】

夏、殷二王之后来周助祭。

【注释】

振：鸟成群飞的样子。雝（yōng）：水塘。戾：到。斯容：指像白鹭一样的高洁。恶：厌恶。斁（yì）：厌弃。庶几：差不多。永、终：都是表示长久的意思。誉：声誉；名望。

【译文】

成群白鹭拍翅起，在那西边的水畔。
我有嘉宾来助祭，也有高洁的容仪。
在那国里没人厌，在这里没人厌弃。
早晚勤勉差不多，美名荣誉永保持。

丰年

【原文】

丰年多黍多稌。
亦有高廪，万亿及秭。
为酒为醴，烝畀祖妣，
以洽百礼，降福孔皆。

【概意】

周成王时，秋冬粮食丰收时举行祭祖。

【注释】

稌（tú）：稻。廪：粮仓。秭（zǐ）：亿亿为秭，这里表示数量多。醴（lǐ）：甜酒。烝：献。畀（bì）：给予。祖妣：男女祖先。洽：配合。百礼：各种礼仪，这里指汇集多种祭物。皆：通嘉。

【译文】

丰年多谷多稻。
粮仓也堆得高耸，粮食万万亿亿。
酿成美酒甜酒，祖先灵前献上，
各种祭典隆重举行，福禄降下都是好。

潜

【原文】

猗与漆沮，潜有多鱼。
有鳣有鲔，鲦鲿鰋鲤。
以享以祀，以介景福。

鲤

【概意】

周朝时春冬季节献鱼祭祖。

【注释】

猗与：好啊，表示赞美。漆沮：岐山下的两条河水名，都在今陕西省境内。潜：把柴放在水中，让鱼聚集休息，以方便捕捉。鳣（zhān）：大鲤鱼。鲔（wěi）：鲟鱼。鲦（tiáo）：白条鱼。鲿（cháng）：黄颊鱼。鰋（yǎn）：鲇鱼。介：求。景：大。

【译文】

好啊，漆水沮水，水里柴堆上有很多鱼。
有大鲤鱼有鲟鱼，还有白条鱼黄颊鱼鲇鱼鲤鱼。
捕来鲜鱼祭祖先，祈求多多赐福气。

雍

【原文】

有来雍雍，至止肃肃。相维辟公，天子穆穆。
於荐广牡，相予肆祀。假哉皇考，绥予孝子。
宣哲维人，文武维后。燕及皇天，克昌厥后。
绥我眉寿，介以繁祉。既右烈考，亦右文母。

【概意】

周武王祭祀周文王的乐歌。

【注释】

有：语气助词。雍雍：和睦的样子。肃肃：恭敬的样子。相：助祭。辟公：诸侯。穆穆：庄重的样子。於（wū）：语助词。荐：进献。广：大。相：助。予：周天子自称。肆祀：陈列祭祀。皇考：对已故父亲的称呼。绥：安定。燕：定。眉寿：长寿。介：助。繁祉：多福。右：保佑。烈考：先父。文母：有文德的母亲。

【译文】

助祭的人柔顺和睦，来到以后严肃恭敬。各国诸侯前来助祭，天子盛美又端庄。

啊，进献上大雄牛，助我祭祀陈列在庙堂。伟大啊我的先父，保佑我这孝子。

明哲的贤人，文武双全世无双。安定天下感动上天，后世子孙拥抱昌盛。

安定我心赐我长寿，再给予我很多福气。既保佑有功业的先父，也保佑有文德的先母。

有客

【原文】

有客有客，亦白其马。
有萋有且，敦琢其旅。
有客宿宿，有客信信，
言授之縶，以縶其马。
薄言追之，左右绥之。
既有淫威，降福孔夷。

【概意】

微子来周觐见祖庙。

【注释】

客：指微子。亦：语气助词。萋：文采交错。且（jū）：盛，多。敦琢：

选择。一说装饰打扮。旅：通侣，伴侣，指跟随微子的大夫。宿宿：住两晚。信信：住四晚。言：我。絷：绳索。追：饯行送别。左右：用计。孔夷：很大。

【译文】

客人来客人来，驾着白马拉的车。
有文采又壮盛，妆饰着他的随从们。
客人住了一夜又一夜，三夜四夜接着住。
真想取出拴马索，拴住马儿来留客。
客人告别我送行，左右想法安定他。
客人既有大威德，老天赐福将更大。

周颂·闵予小子之什

敬之

【原文】

敬之敬之，天维显思。
命不易哉！无曰高高在上！
陟降厥士，日监在兹。
维予小子，不聪敬止？
日就月将，学有缉熙于光明。
佛时仔肩，示我显德行。

【概意】

周王戒勉自己。

【注释】

敬：警戒，戒慎。显：明白。思：语气助词。易：容易。陟降：升降。日：每天。监：监察。日就：每日成就。月将：每月奉行。缉熙：积累广大。佛（bì）：辅佐。仔肩：责任。

【译文】

戒慎啊戒慎，天道善恶是显明。
天命不改有常道，莫说苍天高在上。
升上降下那众士，每日监视却在此。
想我这个年轻人，不聪达不恭敬？
日有成就月有进，学问积渐向光明，
群臣辅我担大任，示我治国好德行。

小毖

【原文】

予其惩而毖后患！
莫予荓蜂，自求辛螫。
肇允彼桃虫，拚飞维鸟。
未堪家多难，予又集于蓼。

桃虫

【概意】

周成王进行自我警戒。

【注释】

惩：警戒。毖：谨防。荓（pīng）：扰动蜂群。辛螫：蜂刺人的辛辣痛。肇：开始。允：相信。桃虫：一种小鸟名，即鹪鹩。拚（fān）：翻飞。蓼（liǎo）：即苦蓼，草名，生长在水边，味辛辣。

【译文】

我要警戒以防止后患！
不要引我扰乱群蜂，惹得蜂来辣刺。
开始听信小鹪鹩，翻飞就是一只鸟儿。
家难变故不堪负，我又聚在蓼草中。

载芟

【原文】

载芟载柞。其耕泽泽，千耦其耘，徂隰徂畛。
侯主侯伯，侯亚侯旅，侯彊侯以。有嗿其馌，
思媚其妇，有依其士。有略其耜，俶载南亩。
播厥百谷，实函斯活。驿驿其达，有厌其杰。
厌厌其苗，绵绵其麃。载获济济，有实其积，万亿及秭。
为酒为醴，烝畀祖妣，以洽百礼。
有飶其香，邦家之光。有椒其馨，胡考之宁。
匪且有且，匪今斯今，振古如兹。

耕耘

【概意】

周成王时，大事垦荒、耕种，并祭祖祈福。

【注释】

芟（shān）：除草。柞（zé）：砍伐树木。泽泽：土瓦解貌。耦（ǒu）：两人在一起耕种。耘：除草。徂（cú）：往。隰（xí）：新开垦的低田。畛（zhěn）：高坡田。主：家长。伯：长子。亚：次子。侯旅：国君以外的众子弟。彊：强壮的人。嗿（tǎn）：许多人一起吃饭的声音。馌（yè）：给田间耕地的人送饭。思：语气助词。媚：美。依：爱悦。士：子弟。略：锋

利。耜（sì）：古代农具，相当于犁头。俶（chù）：开始。实：百谷的种子。函：含。指种子播下之后孕育发芽。驿驿：接连不断。达：破土。有厌：美好。杰：长的较好的苗。麃（biāo）：谷物的穗。济济：均齐的样子。万亿：万万。秭：亿亿。畀（bì）：给予。祖妣：先祖先妣。飶（bì）：芬芳。椒：香气缭绕。胡考：长寿的老人。匪且有且：非此有此。匪今斯今：非今斯今。振古：自古。

【译文】

边除草边伐木，开垦耕地松土壤。千对农人来耕地，洼地坡田都开垦。

家主带着长子来，次子晚辈也到场，有壮汉也有雇工，有送饭和吃饭声，

妇女温柔又娇媚，爱悦耕作的男人。耜的尖刃多锋利，开始耕种南面田。

播撒百谷的种子，颗粒饱满生机旺。嫩芽不断拱出土，美好嫩苗茁壮长。

禾苗越长越茂盛，谷穗垂下长又长。收获谷物真是多，粮食堆满打谷场，亿亿万万难计量。

酿造清酒与甜酒，进献先祖先妣尝，用来完成祭百礼。

祭献食品真芬芳，是我邦国的荣光。献祭椒酒香气绕，祝福老人常安康。

不是现在才这样，不是今年才这样，自古以来都如此。

般

【原文】

於皇时周，陟其高山，嶞山乔岳。
允犹翕河，敷天之下，
裒时之对，时周之命。

泰山

【概意】

周成王称颂武王巡狩祀河岳。

【注释】

般：乐。陟（zhì）：登上。高山：指四岳。墮（duò）：小山。允：通沇，水名。沇水是古时济水的上游。犹：通“洸”，水名。翕：合。河：黄河。敷：遍。裒（póu）：聚集。对：配，指配祭。指山川众神都一同祭祀。时：是。

【译文】

啊，辉煌的周朝，登上那巍峨的山顶，眼前是绵延的丘陵小山。
沇水洸水汇合入黄河，普天之下，
聚集众神来配祭，是周朝接受了天命啊。

鲁颂

駉

【原文】

駉駉牡马，在坰之野。
薄言駉者，有驈有皇，有骊有黄；
以车彭彭。
思无疆，思马斯臧。①

駉駉牡马，在坰之野。
薄言駉者？有骓有駓，有骍有骐，以车伾伾。
思无期，思马斯才。②

駉駉牡马，在坰之野。薄言駉者，
有驒有骆，有骝有雒，以车绎绎。
思无斁，思马斯作。③

駉駉牡马，在坰之野，薄言駉者，
有骃有騢，有驔有鱼，以车祛祛。
思无邪，思马斯徂。④

马

【概意】

以描写马来赞美鲁僖公。

【注释】

①驷（jiōng）：好马腹部和躯干肥状的样子，歌颂鲁侯养马肥壮。坰（jiōng）：离城很远的郊外，野外。薄、言：发语词。驈（yù）：黑身马白胯的马。皇：黄白相杂的马。以车：用马拉车。彭彭：强壮有力的样子。臧：好。

②骓（zhuī）：苍白杂色的马。駓（pī）：黄白杂毛的马。骍（xīn）：赤黄色的马。骐：青黑色的马。伾伾（pī）：有力的样子。

③驒（tuó）：青黑色的马。骆（luò）：黑身白鬃的马。骝（liú）：赤身黑鬣的马。雒（luò）：黑身白鬃的马。绎绎：跑得很快的样子。无斁（yì）：不讨厌，即满意。作：振作。

④骃（yīn）：浅黑带白色的杂毛马。騢（xiá）：赤白杂毛的马。驔（diàn）：脚胫有长毛的马。鱼：两眼长两圈白毛的马。祛祛（qū）：强健的样子。无邪：不错。徂：行，跑。

【译文】

高大雄壮的健马，放牧在遥远的原野。

高大健壮的马儿，有的黑身白胯有是黄白相杂，有的青黑有的黄中带赤。

马儿驾车蹄声阵阵响。

无边无际多辽阔，这些马儿多肥壮。

高大健壮的公马，放牧在遥远的原野。

高大健壮的马儿，有的苍白杂色有的白色间黄，有的赤而兼黄有的青黑杂色。

马儿驾车有力奔前方。

无边无际永不止，这些马儿都好样。

高大健壮的公马，放牧在遥远的原野。

高大健壮的马儿，有的青毛鳞斑有的黑身白鬃，有的赤身黑鬃有的黑身白鬃。

马儿驾车跑来得快。

多么让人喜欢啊，这些马儿真够振作。

高大健壮的公马，放牧在遥远的原野。

高大健壮的马儿，有的浅黑带白有的赤白相杂，有的黑身黄脊有的眼圈纯白。

马儿驾车驰骋真强健。

马儿奔跑直往前，奔跑向远方。

有駜

【原文】

有駜有駜，駜彼乘黄。
夙夜在公，在公明明。
振振鹭，鹭于下。
鼓咽咽，醉言舞。
于胥乐兮！①

有駜有駜，駜彼乘牡。
夙夜在公，在公饮酒。
振振鹭，鹭于飞。

鼓咽咽，醉言归。
于胥乐兮！②

有驳有驳，驳彼乘骃。
夙夜在公，在公载燕。
自今以始，岁其有。
君子有穀，诒孙子。
于胥乐兮！③

【概意】

鲁僖公宴饮群臣。

【注释】

①駜（bì）：马强壮有力的样子。乘（shèng）黄：四匹黄马。乘，指四匹马。夙夜：从早到晚。在公：在公家。明明：勤勉。鹭：白鹭鸟，以比洁白之士。鹭于下：比士子皆低下于君。鼓咽咽：鼓声不停。于：叹词。胥：皆，都。

②牡：公马。

③骃（xuān）：青黑色的马。燕：通宴，宴会。岁其有：是"岁其有丰年也"的省略。穀：指有福善良。诒：留。

【译文】

马儿真强壮啊真强壮，四匹黄马把车拉。
早晚都在公府里，在那办事多勤谨。
白鹭成群向上飞，渐收羽翼俯下来。
鼓声咚咚有节奏，趁着醉意跳起舞。
大伙一起乐啊真舒畅！

马儿真强壮啊真强壮，四匹公马把车拉。
早晚都在公府里，饮酒在公家。
白鹭一群向上飞，渐收翅膀低飞还。
鼓声咚咚响不停，趁着醉兴归去。
大家一起乐呀真快乐！

马儿真强壮啊真强壮，四匹青马把车拉。
早晚都在公府里，在公府里办酒宴。
从今开始享太平，年年都有好丰收。
君子有福又有禄，福泽世代留子孙。
大家乐在一起真高兴！

闷宫

【原文】

闷宫有侐，实实枚枚。赫赫姜嫄，其德不回。
上帝是依，无灾无害。弥月不迟，是生后稷，降之百福。
黍稷重穋，稙穉菽麦。奄有下国，俾民稼穑。
有稷有黍，有稻有秬。奄有下土，缵禹之绪。①

后稷之孙，实维大王。居岐之阳，实始翦商。
至于文武，缵大王之绪，致天之届，于牧之野。
无贰无虞，上帝临女！敦商之旅，克咸厥功。
王曰叔父，建尔元子，俾侯于鲁。
大启尔功，为周室辅。②

乃命鲁公，俾侯于东。锡之山川，土田附庸。
周公之孙，庄公之子。龙旂承祀，六辔耳耳。
春秋匪解，享祀不忒。皇皇后帝，皇祖后稷。
享以骍牺，是飨是宜，降福既多。
周公皇祖，亦其福女！③

秋而载尝，夏而楅衡。白牡骍刚，牺尊将将。
毛炰胾羹，笾豆大房。万舞洋洋，孝孙有庆。
俾尔炽而昌，俾尔寿而臧！保彼东方，鲁邦是常。
不亏不崩，不震不腾。三寿作朋，如冈如陵。④

公车千乘，朱英绿縢。二矛重弓，公徒三万。
贝胄朱綅，烝徒增增。戎狄是膺，荆舒是惩，则莫我敢承。
俾尔昌而炽，俾尔寿而富！黄发台背，寿胥与试。
俾尔昌而大，俾尔耆而艾！万有千岁，眉寿无有害。⑤

泰山岩岩，鲁邦所詹。奄有龟蒙，遂荒大东。
至于海邦，淮夷来同。莫不率从，鲁侯之功。⑥

保有凫绎，遂荒徐宅。至于海邦，淮夷蛮貊，
及彼南夷，莫不率从。莫敢不诺，鲁侯是若。⑦

天锡公纯嘏，眉寿保鲁。居常与许，复周公之宇。
鲁侯燕喜，令妻寿母，宜大夫庶士，邦国是有。
既多受祉，黄发儿齿。⑧

徂徕之松，新甫之柏。是断是度，是寻是尺。
松桷有舄，路寝孔硕。新庙奕奕，奚斯所作；
孔曼且硕，万民是若。⑨

【概意】

歌颂赞美鲁僖公恢复疆土，修建庙宇宫室。

【注释】

①閟（bì）宫：神秘的宫殿，指祭祀后稷母亲姜嫄的庙。侐（xù）：清静。实实：广大。枚枚：细密。姜嫄：周始祖后稷的母亲。回：邪僻。弥月：满月，指十月怀胎。后稷：周朝始祖。百福：指降福很多。黍：黄米。重：先种后熟。稑（lù）：后种先熟的谷物。稙（zhí）：早种的谷物。穉（zhì）：晚种的谷物。菽（shū）：豆类。奄：全。俾：使。稼穑（sè）：代指务农。稼，播种。穑，收获。秬（jù）：黑黍。缵（zuǎn）：继承。绪：事业。

②大王：太王，指周朝远祖古公亶父。岐：岐山。阳：山的南边。翦：灭。文武：指周文王、周武王。届：极，一说诛讨。牧野：地名，殷都的郊

外，在今河南淇县西南。贰：二心。虞：误。临：监临。敦：治服。旅：军队。咸：成，备。王：指周成王。叔父：即周公旦。元子：长子。启：开辟。

③锡：同赐。附庸：指诸侯国的附属小国。周公之孙，庄公之子：均指鲁僖公。承祀：主持祭祀。辔：驾马用的嚼子和缰绳。耳耳：柔和的样子，下垂的样子。解：通懈。享：祭献。忒：变。骍（xīn）牺：赤色的牛作为祭祀品。宜：享用。

④尝：秋天祭祀之名。楅（bì）衡：防止牛抵触的横木，古时用来祭祀的牛必须毫无损伤，秋天的祭祀，夏天就要给牛加楅衡，以防止触折牛角。牡：公牛。刚：小牛。牺尊：牛形的酒器。毛炰（páo）：抹上泥连毛烤熟的肉，这里指烤小猪。胾（zì）：大块的肉。羹：这里指不加调料的肉汁。笾（biān）：竹制的祭祀容器。豆：木制的祭祀容器。大房：大的盛肉容器。万舞：一种舞蹈的名字，常用于祭祀活动。洋洋：场面很盛大的样子。常：长。朋：并。

⑤朱英：长矛头上装饰的红缨。绿縢：将两张弓捆在一起的绿绳。二矛：古代一辆兵车备两支矛，一长一短，用来应对不同距离的交战。重弓：古代一辆兵车配两张弓，一张常用，一张备用。徒：步兵。贝：贝壳，用来装饰头盔。朱绶（qīn）：用来串联贝壳的红线。烝：众。增增：众多的样子。戎狄：西方的犬戎和北方的狄，这是两个在周王室控制范围外的民族。膺：击。荆：楚国。舒：国名，在今安徽庐江。承：制止，抵抗。黄发台背：指高寿。黄发，人老则白发变黄；台，同鲐，鲐鱼背上有黑纹，用来代指老人背上的老年斑。耆、艾：都指年老。

⑥岩岩：山高的样子。龟：山名。蒙：山名。大东：最东的地方。淮夷：淮水流域不受周王室控制的民族。同：结盟约。

⑦保：安。凫：凫山，在山东邹县西南。绎：峄山，在山东邹县东南。徐：国名。宅：居处。蛮貊（mò）：泛指北方周王室控制以外的民族。若：顺从。

⑧公：鲁公。纯：大。嘏（gǔ）：福。常、许：鲁国的两个地名。燕：通宴。令：善。儿齿：老人牙齿落后又长的新牙，代指高寿。

⑨徂徕：山名，在今山东泰安东南。新甫：山名，在今山东新泰西北。断：通斵，伐木。寻、尺：度量单位，这里是测量的意思。松桷（jué）：松木椽子。舄（xì）：大。路寝：庙堂后面的寝殿。新庙：指闵公。奕奕：颜色

鲜亮的样子。曼：长。若：顾。

【译文】

神秘庙宇真清净，结构阔大又紧密。显赫始祖那姜嫄，德性端正无邪僻。

虔诚顺从上帝，一生无灾无害。怀胎十月不延迟，生出始祖叫后稷，上帝赐他多福气。

种下糜子和谷子，还有豆麦及谷米。拥有天下邦国，让百姓学习农艺。

种下谷子和糜子，种下水稻和秬。拥有天下土地，继承夏禹的业绩。

后稷的后代嫡孙，正是我们先君太王。他迁居到岐山南面，从此开始翦灭殷商。

发展到文王武王，继续发扬太王功绩。领受天命去征讨，在殷郊的牧野开战。

没有分心没有犯错，上帝保佑你。消灭殷商的军队，能够建立大功勋。

成王说道：叔父，选择您的长子，将鲁地作为他的封地。

努力开发您的候国，作为周室藩辅屏障！

因此封他为鲁公，建立候国在东。赐他山川，把小国作附庸。

周公后代的嫡孙，是庄公之子僖公。持着龙旗去祭祀，六根辔头手中垂。

春秋两祭不懈怠，献享祀祖无差错。辉煌伟大的上帝，光荣伟大的后稷。

红色全牛做献祭，敬请吃喝来享用，降下福泽厚且多。

伟大的先祖周公，也将赐福给你！

秋天开始行尝祭，夏天修理牛棚。白雄牛红小牛，牛角杯相碰声锵锵。

烧烤猪肉熬肉汤，笾豆装满大杯。万舞宏大浩荡荡，孝顺的子孙有吉祥。

让你炽盛又兴旺，让你长寿且康强。保卫东方的国土，鲁国江山要长久。

山不缺损不崩溃，水不震激不动荡。三个寿人作友朋，如巍峨峰峦山冈。

鲁公战车有千乘，矛饰红缨扎绿绳。佩着二矛二弓，鲁公兵有三万人。

头盔镶贝红线缝，众多军队密层层。戎族狄族我痛击，楚国舒国我严惩，没人胆敢与我抗衡。

让你兴旺又炽盛，让你长寿且富贵。黄头发和鲐鱼背，寿命长久与进言。

让你兴旺又强壮，让你高寿显年轻。活到万岁加千岁，活到高寿无害事。

泰山高大又森严，鲁国境内的天险。拥有龟山和蒙山，疆土扩充到极东。
至于海山的邦国，淮夷都来结盟约。无不相率服从，这是鲁侯的功绩。

据有凫山和绎山，抚定徐人旧居地。至于海边的小邦，淮夷南蛮和北貊。
那些南方的蛮夷，他们无不来服从。没人敢不来归从，顺从鲁侯全顺从。

天赐鲁公以洪福，让他高寿保鲁国。居住常邑和许邑，恢复周公的疆域。
鲁侯设宴让人喜，有贤妻和老母。协调众士卿大夫，鲁国享国泰民安。
已经获得许多福，白发变黄乳齿再生。

徂徕山上的松，新甫山上的柏，将它砍下剖开，丈量尺寸留下用。
松木椽子粗又大，寝殿宽敞高又大。新庙堂光彩鲜亮，奚斯所盖；
长又宏大，万民归心来顺从。

商颂

玄鸟

【原文】

天命玄鸟，降而生商，宅殷土芒芒。
古帝命武汤，正域彼四方。
方命厥后，奄有九有。
商之先后，受命不殆，在武丁孙子。
武丁孙子，武王靡不胜。
龙旂十乘。大糦是承。
邦畿千里，维民所止。肇域彼四海，
四海来假，来假祁祁，景员维河。
殷受命咸宜，百禄是何。

【概意】

祭祀殷高宗武丁的颂歌。

【注释】

玄鸟：燕子。古代汉族神话传说中的神鸟。传说有娀氏女简狄吞下玄鸟之卵而怀孕，生了商的始祖契。宅：住在。殷土：殷国土地。芒芒：广大的样子。古帝：上帝。武汤：成汤王，成汤号武。正：同征。四方：四国，周围的各诸侯国。方：普遍。后：君主，指各部落酋长。九有：九州。传说大禹化天下为九州，分别是冀州、豫州、雍州、荆州、扬州、兖州、徐州、青州、梁州。先后：先王。殆：通怠，懈怠。武丁：殷高宗，汤的后代。胜：

胜任。旂（qí）：古时的一种旗，上面绘龙，竿头系铜铃。乘：辆。大糦：大祭。邦畿：封界。肇：始，开。域：有，拥有。四海：四海之内，指中国。假：至。祁祁：纷繁众多的样子。景：广，东西为广。员：运，南北为运。何：通荷，承担。

【译文】

天帝发令给燕子，降卵生而兴建商，住在殷地广又宽。
从前天帝命成汤，征伐天下安四方。
昭告部落各酋长，统有九州是商王。
商朝君主承先继，领受天命不怠慢，武丁是汤后代最贤能。
武丁是汤贤后代，武王事业全胜任。
龙旗大车有十辆，承担大祭行在前。
国土千里真辽阔，到处都有百姓住，开始拥有那四海。
四海君主来朝拜，车水马龙熙熙攘，国界直到黄河边。
殷受天命众相宜，天赐百禄担在肩。

长发

【原文】

濬哲维商，长发其祥。洪水芒芒，禹敷下土方。
外大国是疆，幅陨既长。有娀方将，帝立子生商。①

玄王桓拨，受小国是达，受大国是达。
率履不越，遂视既发。相土烈烈，海外有截。②

帝命不违，至于汤齐。汤降不迟，圣敬日跻。
昭假迟迟，上帝是祗，帝命式于九围。③

受小球大球，为下国缀旒。何天之休，不竞不絿，
不刚不柔。敷政优优，百禄是遒。④

受小共大共，为下国骏厖。

何天之龙，敷奏其勇。
不震不动，不戁不竦，百禄是总。⑤

武王载旆，有虔秉钺。如火烈烈，则莫我敢曷。
苞有三蘖，莫遂莫达。
九有有截，韦顾既伐，昆吾夏桀。⑥

昔在中叶，有震且业。允也天子，降予卿士。
实维阿衡，实左右商王。⑦

大禹治水

【概意】

殷商后王祭天时，叙述殷商的起源。

【注释】

①濬（jùn）哲：明哲。发：兴发。芒芒：通茫茫，水广阔的样子。敷：治。下土方：天下土地。外：邦畿之外。大国：邦畿之外的远方诸侯国。是疆：以之为疆界。幅陨：幅员，面积。长：增长，拓广。有娀（sōng）：古国名。将：大，兴盛。生商：指生下商的始祖契。

②玄王：契的谥号。桓拨：武勇奋发。达：通。率履：遵循。遂：遍。视：巡视。发：行。相土：人名，商王契的孙子。烈烈：威武的样子。海外：

四海之外，泛指边远之地。有截：截截，整齐的样子。

③汤：成汤，帝号天乙，商王朝建立者，称王后在位12年。跻（jī）：升。昭假：向神明祷告，表明诚敬之心。迟迟：久久不息。祗（zhī）：敬。式：执法。九围：九州。

④球：珠子。下国：各方诸侯国。缀旒（liú）：旗上的飘带，这里引申为表率。何：通荷，担负。休：美誉。絿（qiú）：急。优优：平和宽厚。遒：聚。

⑤共：通珙，玉。一说通拱，法也。另一说通供，祭品。骏厖：庇护。龙：宠。敷奏：施展。戁（nǎn）：恐惧。竦（sǒng）：恐惧。总：囊括。

⑥武王：商汤。载：开始。旆：大旗，这里做动词，指竖起旗帜。有虔：虔虔，肃穆威武的样子。钺：长柄青铜斧。一般为王的近卫所执，这里指王率兵亲征。曷：遏止。苞：树桩，树干，此处指夏桀。三蘖：一木所生的三枝，指夏桀的党羽，韦、顾和昆吾。遂：草木生长。达：苗刚出土。九有：九州。韦：国名，在今河南滑县东。顾：国名，在今山东鄄城东北。昆吾：国名，夏桀的与国，昆吾、韦和顾同为夏王朝东部的屏障。

⑦中叶：中世，指商朝中期。震：威力。业：功业。降：天降。阿衡：伊尹的官名，指伊尹。左右：助，辅佐。

【译文】

英明睿智商始祖，长久兴发其福泽。上古洪水白茫茫，大禹治水平四方。
远方之国纳为疆，幅员广阔又增长。有娀氏女正青春，上帝立子生殷商。

玄王商契威奋发，受封小国政通达，受封大国令通达。
遵循礼法不越矩，巡视民情处置宜。先祖相土功烈烈，四海之外顺服齐。

帝旨先祖不违背，汤王最是合天心。成汤降生正逢时，明哲圣德日增进。
祷告神明久不息，诚敬心意奉上帝，上帝命他执九州。

接受小珠和大珠，作为诸侯的表率。
承受上天的福佑，不竞争也不急求，不太刚也不太柔。
施政温和且宽厚，千百福禄归王有。

接受小玉和大玉，作为诸侯的依靠。
承受上天的恩宠，施展他的英和勇。
不震惊也不动摇，不胆怯也不惊扰，千百福禄都会来到。

武王竖旗亲率征，威风凛凛手持斧。进军猛烈如火焰，没有敌人敢阻拦。
一棵树干生三杈，不能上长不能大。
天下九州归于一，先讨韦国和顾国，再伐昆吾和夏桀。

从前商朝在中叶，汤有威力又有功。确实他是上天子，天降卿士来辅弼。
贤相伊尹破格提，确为商王左右臂。

参考文献

[1] 朱熹 . 诗经 [M]. 上海：上海古籍出版社，2013.

[2] 周振甫 . 诗经译注 [M]. 北京：中华书局，2002.

[3] 姜亮夫等 . 先秦诗鉴赏辞典 [M]. 上海：上海辞书出版社，1998.